Anne Amrum

NORDSEE LÜGE

Die Küsten-Kommissare

Das ist ein Kriminalroman und somit reine Fiktion. Sämtliche Personen und deren Handlungen sind frei erfunden. Ähnlichkeiten mit tatsächlich lebenden oder toten Personen (inklusive zufälliger Namensgleichheiten) und /oder Ereignissen sind nicht beabsichtigt und wären rein zufällig.

An dieser Stelle versichere ich, die Autorin, für die Darstellung und Erwähnung diverser gastronomischer, kultureller und touristischer Einrichtungen oder für die Verwendung von Markenbezeichnungen in diesem Buch keine Bezahlung oder anderweitige Zuwendung erhalten zu haben.

Aus dieser Reihe bisher erschienen:

Teil 1: "Nordsee Mord"
Teil 2: "Nordsee Hass"
Teil 3: "Nordsee Leid"
Teil 4: "Nordsee Gier"
Teil 5: "Nordsee Opfer"
Teil 6: "Nordsee Feuer"
Teil 7: "Nordsee Magd"
Teil 8: "Nordsee Lüge"
Teil 9: "Nordsee Spiel"
Teil 10: "Nordsee Angst"
Teil 11: "Nordsee Kälte"

Copyright © 2022 Anne Amrum

Alle Rechte vorbehalten.

ISBN: 9798437111697

Imprint: Independently published

Erst einmal in Bewegung, setzen sich die Wellen in alle Ewigkeit fort

1

Mit nackten Beinen, die im Schlick feststecken, hocke ich im Watt. Umgeben von Vögeln und Klassenkameraden. Wir alle haben Eimer, in die wir alles hineinschaufeln, was nicht rechtzeitig vor der Schippe flieht. So manches Lebewesen, das im Schlick beheimatet ist, mutet ein wenig seltsam an. Lehrer und Wattbetreuer sind bereits umzingelt von fragenden und plappernden Mäulern.

Die Möwen sind frech heute und einige von uns haben Angst vor ihnen. Wenn sie näher kommen, wenn sie kreischen oder wenn sie tief über uns hinwegfliegen.

Ich nicht. Ich habe Möwen schon immer gemocht. Sie haben Familiensinn. Wechseln sich beim Brüten ab, halten zusammen. Instinktiv wissen sie, dass man eine Einheit bilden muss gegen den Rest der Welt.

Gelangweilt blicke ich auf das krabbelnde Getier zu meinen Füßen. Mir sind alle Arten von Krebsen genauso egal wie Würmer. Sie sind Futter, mehr nicht. Wozu soll ich sie betrachten und etwas über sie lernen, wenn ihr einziger Weg aus dem Dreck direkt in den Darmtrakt einer höheren Spezies führt?

Trotzdem trage auch ich eine Schippe und einen Eimer mit mir herum. In letzterem liegen Muscheln. Für Melli. Jeder weiß, dass sie Muscheln liebt. Und ich liebe ihr strahlendes Lächeln, wenn ich meine Muscheln in ihren Eimer kippe.

Mit der Schippe baue ich Burgen. Natürlich nur in meiner Fantasie. Schlick ist schwer und nass. Alles, was ich aufschütte, verläuft sich wieder. Aber ich liebe das schmatzende Geräusch, das er macht, wenn ich ihn eimerweise übereinander klatsche.

Wie jedes Mal sehe ich den Stoß nicht kommen. Es passiert immer, wenn ich nicht damit rechne. Ich schlage seitlich der Länge nach hin und weiß jetzt schon, dass damit Ärger von allen Seiten vorprogrammiert ist. Schließlich waren die Anweisungen der Lehrerin klar. Krempelt euch die Hosen hoch und macht euch ansonsten nicht nass. Voll Matsch von Kopf bis Fuß gebe ich wieder mal ein perfektes Negativbeispiel für die Klasse ab. Was Mama sagt, wenn ich heimkomme, kann ich mir auch schon ausmalen.

Der Affenarsch lacht über das ganze Gesicht. Er und seine Freunde springen feixend um mich herum, während ich mich beschämt wieder aufrichte. Sie waren immer schon gut darin, andere zu piesacken. Als sie beginnen, Schlick nach mir zu werfen, rette ich mich ans Ufer – obwohl mich die Lehrerin dort mit tadelndem Blick empfängt. Doch von den beiden Übeln, zwischen denen ich mich entscheiden kann, ist die Zurechtweisung, die nun zwangsläufig folgt, das kleinere.

Ich beiße mir auf die Lippen, um die aufsteigenden Tränen zu unterdrücken, während ich zusehen muss, wie der Affenarsch die Muscheln aus meinem Eimer, der im Schlick zurückblieb, in den von Melli kippt.

30 Jahre später

SONNTAG

2

Mit den ersten Sonnenstrahlen, die über das saftige Grün des Deichs streichen, kommt Bewegung in den alten Joppe Fredriksen. Die Sonnenaufgänge am Meer, begleitet vom Gezwitscher unzähliger Vögel, haben ihren eigenen Zauber und im Juli, am Höhepunkt der Tourismussaison, sind die Strandkörbe äußerst beliebt.
Auch in der Nacht.
Natürlich endet die Benutzungsdauer abends, wenn das Tageslicht erlischt, aber etliche Körbe haben keine funktionierenden Schlösser und sind daher eine leichte Beute für Nachtschwärmer. Wenn man so lange wie Joppe als Ticketverkäufer für Strandkörbe tätig ist, passiert es beinahe zwangsläufig, dass man frühmorgens auf ein verliebtes Pärchen stößt, das sich heimlich in einem Korb eingenistet hat.
Die Stadtverwaltung hat bereits darauf reagiert und bietet nun spezielle *Unter-den-Sternen-Schlafen-Übernachtungskörbe* für romantisch veranlagte Sterngucker an – geändert hat sich dadurch allerdings nichts.
Die Verliebten und die Betrunkenen werden bei

Dunkelheit von allen Strandkörben gleichermaßen angezogen.

Als er bei seinem ersten morgendlichen Kontrollgang am Dockkoog ein Bein entdeckt, das in hellen Jeans steckt und ein wenig steif aus dem Korb ragt, schwant ihm bereits Übles.

Der Mann, dem das Bein gehört, wird erst sichtbar, als Joppe näher kommt.

Er sieht gar nicht gut aus.

Das graue Seidenhemd ist im Brustbereich blutdurchtränkt, das blasse Gesicht wirkt eingefallen und die Augen sind starr auf die Korbdecke gerichtet. Starr und tot.

Joppe merkt, wie seine Knie plötzlich weich werden. Auch sein Magen spielt verrückt. Ganz so, als ob er sich im Bauchraum selbst verdrehen würde.

Mit wackligen Beinen setzt er sich in den Strandkorb gegenüber und fummelt eine Packung Zigaretten aus seiner Umhängetasche. Erst nach einigen kräftigen Zügen ist er fähig, die Polizei zu rufen.

3

Als Oberkommissarin Sophie Meerkatz am Tatort eintrifft, sind uniformierte Kollegen gerade dabei, das Areal rund um Strandkorb Nummer 74 mit Absperrband einzugrenzen und gleichzeitig die Schaulustigen zurückzudrängen.

Sie sieht sich um. Etliche Polizeiautos parken direkt am Weg, ein Ambulanzwagen hingegen ist nicht in Sicht. Offenbar ist der Tote bereits in einem Zustand, in dem ihm niemand mehr eine Rückkehr ins Leben zutraut.

»Moin Sophie.«

Ein älterer Kollege winkt ihr zu.

»Moin Sören«, antwortet sie und hofft, den richtigen Vornamen getroffen zu haben.

Der untersetzte Beamte mit dem angegrauten Haar kommt ihr freundlich entgegen.

»Joppe Fredriksen, der hier die Strandkörbe betreut, hat uns verständigt.« Er deutet auf einen hageren älteren Mann mit Ziegenbärtchen und Schirmmütze, der ein wenig verloren zwischen den Polizisten herumsteht.

»Ist er der einzige Zeuge?«, fragt Sophie und steckt

ihre widerspenstigen rötlich-braunen Locken, die ihr der Wind ständig ins Gesicht weht, wieder hinter die Ohren.

»Ja.«

»Und die Leiche, wo ist die?«

»Hier.« Sören Rijnders zeigt auf den entsprechenden Strandkorb. »Ist wohl erstochen worden. Ich meine, der Verdacht drängt sich auf, bei der Menge Blut, die auf seinem Hemd . . .«

Aus ihrer Perspektive kann Sophie lediglich ein Bein erkennen.

»Alles klar«, erwidert sie und nähert sich in einem Bogen, um die gesamte offene Seite des Strandkorbs überblicken zu können.

Der Tote liegt recht entspannt da, obwohl dieser Eindruck vermutlich täuscht. Niemand entspannt sich, wenn ihm ein Messer in die Eingeweide gerammt wird und er anschließend verblutet.

»Ausweis? Handy?«

»Keine Ahnung.« Rijnders steckt beide Hände in die Hosentaschen. »Wir haben ihn nicht angefasst.«

»Vorbildlich.«

Sophie zieht sich Einmal-Handschuhe über und betrachtet den Toten aus der Nähe. Auffällig sind die hellbraunen Haare, die ihm bis zur Schulter reichen. Einzelne Strähnen hängen ihm ins Gesicht, was ihm einen verwegenen Ausdruck verleiht. Vorsichtig durchsucht sie die Jacke des Toten. Doch sämtliche Taschen sind leer. Keine Geldbörse, kein Handy, nicht mal eine popelige Quittung.

An die Taschen in seinen Jeans kommt sie nicht ran, ohne die Lage des Verstorbenen zu verändern, weshalb sie lieber wartet, bis der Spurensicherungsdienst samt

Fotografen hier eintrifft.

Die Zeit bis dahin nutzt sie, um den Tatort zu inspizieren. Zuerst nimmt sie den Strandkorb unter die Lupe, dann die umliegende Wiese. Doch ein Messer oder ein anderer spitzer Gegenstand, der als Mordwaffe in Betracht kommen könnte, ist nicht zu entdecken.

»Ähem.« Sören Rijnders macht auf sich aufmerksam. »Wir sollten ihn rasch wegschaffen.«

»Warum?«

»Es kommt Regen. Laut Wetterbericht zu neunzig Prozent.«

»Quatsch.« Sophie macht eine ausladende Geste Richtung Sonne.

»Doch. Gucken Sie mal die Wolken an, wie sich die dort hinten bereits verdichten.«

»Die sind aber noch weit weg.«

»Das kann schnell gehen. Dort oben haben wir ablandigen Wind. Der treibt sie her und dann . . .«

». . . wird unsere Leiche nass. Nun, das wäre sehr unvorteilhaft für die Ermittlungen. Sorgen Sie dafür, dass der Tatort mit einer Plane geschützt wird und ich versuche, die SpuSi so rasch wie möglich herzubekommen. Blöderweise ist heute Sonntag.«

Rijnders zuckt mit den Schultern. »Ja, darauf hat der Tote keine Rücksicht genommen.«

»Sie meinen wohl eher *den Mörder*«, gibt Sophie zurück und zieht ihr Diensthandy aus der Tasche.

Nach dem Telefonat mit Jochen Rambert vom Spurensicherungsdienst, das erst nach zwei vergeblichen Anrufen zustande kam, klingelt sie nacheinander ihren Chef und ihre Kollegen aus dem Bett. Große Freude kommt frühmorgens an einem

Sonntag bei keinem auf.

»Mann«, schimpft Hauptkommissar Rüdiger Thomsen. »Genau jetzt? Wenn ich endlich mal wieder 'nen Segeltörn geplant habe?«

»Ja, jetzt. Aber wenn es dich tröstet, Regen ist bereits im Anmarsch.«

»Quatsch.«

»Doch, die Wolken . . . ach egal. Ich werde jetzt meinen Zeugen vernehmen. Bevor wir hier alle nass werden.«

Wie sich herausstellt, ist dies eine weise Entscheidung, denn die herankommende Wolkenfront wird tatsächlich von Minute zu Minute mächtiger und wirft bereits ihren Schatten voraus.

Sie findet den Ticketverkäufer, der die Leiche entdeckt hat, an der selben Stelle hinter der Absperrung, wo sie ihn schon vorhin gesehen hat. Er starrt immer noch ins Leere.

»Moin Herr . . .?«

»Fredriksen. Ich bin für alle hier der Joppe.«

»Sie betreuen die Strandkörbe?«

»Ja, die auch.«

»Was noch?«

»Na, die Touristen, die sich reinsetzen.«

»Aha. Und was genau machen Sie da?«

»Abkassieren. Wenn einer sich reinsetzt, kostet das. Dann komm ich kassieren. Manchmal helfe ich auch beim Verrücken.«

»Beim Verrücken?«

»Klar. Die meisten Leute wollen ihren Korb gegen den Wind stellen, dann ist es viel ruhiger drinnen. Ist bloß doof, wenn der Wind vom Meer kommt.«

»Wegen der Aussicht?«, rät Sophie, die ebenfalls

ungern mit dem Rücken zum Wasser sitzen würde.

»Exakt kombiniert, Frau Kommissarin.«

»Und wie war das heute?«

Joppe Fredriksen streicht sich nachdenklich über sein Ziegenbärtchen.

»Anfangs wie immer. Die ersten Gäste waren bereits da, ich hab das Geld verlangt und dann . . .«

»Dann was?«, hakt Sophie nach.

»Dann sah ich dieses Bein. Irgendwas an dem kam mir gleich merkwürdig vor.«

»Und was?«

»Keine Ahnung, aber ich hatte schon 'n seltsames Gefühl, als ich auf diesen Gast zuging. Als ich näher kam, hab ich dann das viele Blut gesehen und die starren Augen. Da wusste ich gleich, dass hier nichts mehr zu machen war. Joppe, sagte ich zu mir, für den brauchst du keinen Rettungswagen mehr zu rufen.«

»Und was haben Sie stattdessen getan?«

»Ich hab mir 'ne Kippe angesteckt.«

Sophie runzelt die Brauen und mustert ihn mit deutlichem Missfallen.

»Und die Polizei gerufen«, ergänzt er nun eilig. »Seitdem überleg ich, wer mir das angetan haben könnte.«

»Ihnen?«

»Sicher. Ich bin doch persönlich betroffen. Der Mörder hat einen meiner Strandkörbe zu einem Tatort gemacht. Was, wenn sich dort jetzt keiner mehr reinsetzen will? Da ist es doch nur natürlich, dass ich mich frage, welcher Scheißkerl es darauf anlegt, mir meinen Job zu versauen!«

4

Hauptkommissar Rüdiger Thomsen trifft in einem kurzärmligen Hawaii-Hemd und in Begleitung des Leichenbeschauers Dr. Aiko Emmermann am Tatort ein, als der Polizeibeamte Sören Rijnders mit einer Kollegin gerade dabei ist, ein Zelt über dem Strandkorb Nummer 74 zu errichten. Sie kämpfen gegen den Wind.

»Die Spuren am Boden sind bereits alle zertrampelt«, flucht Thomsen zur Begrüßung und stemmt die Arme in die Hüften.

»Wir haben hier eine Wiese auf harter, trockener Erde. Welche Spuren sollen wir da finden? Speziell geknickte Grashalme vielleicht?«, gibt Sophie zurück. »Wenn wir die Leiche nicht gegen den Regen schützen, ist der Schaden vermutlich größer. Ich denke an mögliche DNA-Spuren...«

»Regen!«, blafft Thomsen und streckt demonstrativ seine nackten Arme aus. »Als ob.«

»Nee Rüde, guck mal«, mischt sich nun sein langjähriger Segelkamerad Emmermann ein, der in Husum eine Praxis als Internist betreibt und regelmäßig als Leichenbeschauer hinzugezogen wird. Er zeigt auf die Wolkenformation. »Sieht nicht gut aus.«

»Moin Aiko«, grüßt Sophie und verschränkt die Arme.

»Moin«, kommt es lapidar zurück. Immerhin, ein Gruß dieser Art ist bereits ein kleiner Fortschritt.

»Das ist kein Hering, das ist ein schlechter Scherz«, erklärt Thomsen der uniformierten Beamtin, die verzweifelt versucht, das Zelt über der Leiche mit einem viel zu kleinem Befestigungshaken festzumachen.

»Es sind bloß solche dabei«, stöhnt sie, während sie bemüht ist, die lautstark im Wind flatternde Plane stärker zu spannen.

Emmermann beugt sich interessiert über die Leiche. Er zieht sich Einmal-Handschuhe aus Plastik über und schiebt das blutverkrustete Hemd des Toten hinauf.

»Der Einstich ist gut sichtbar. Vermutlich von einem Messer. Wurde eines gefunden?«

»Nein«, schreit Sophie gegen den Wind an.

»Dann wird es wohl kein Selbstmord sein.«

»Schön, dass wir uns mal einig sind«, stellt sie zufrieden fest. »Hat er etwas bei sich, das auf seine Identität schließen lässt? Die Jackentaschen habe ich bereits durchsucht, aber die Hosentaschen . . . «

»Klar, da liegt er drauf«, schnauft der Leichenbeschauer, während er sich bemüht, mit seiner Hand unter das Hinterteil des Toten zu gelangen. »Und es ist alles voller Blut. Auf die Schnelle spüre ich hier weder eine Geldbörse noch ein Handy. Ich schlage vor, wir bringen ihn umgehend in die Gerichtsmedizin, schon wegen des drohenden Regens.«

»Bevor der Fotograf eintrifft?«, fragt Thomsen skeptisch.

Sein Segelkamerad deutet auf das Zeltdach, das der

Wind gerade zu einer Kuppel aufbläst. Die Stangen biegen sich bereits verdächtig und die beiden Polizeibeamten, die die Konstruktion verzweifelt stützen, machen nicht den Eindruck, als ob sie noch lange durchhalten würden.

»Vertraust du darauf, dass diese provisorische Überdachung dem Wind standhält und den Regen von der Leiche fernhält?«, fragt Emmermann und sein Blick ist eindeutig.

»Na schön«, gibt Thomsen sich geschlagen und wendet sich seiner Oberkommissarin zu. »Mach ein paar Fotos mit deiner Handykamera, Meerkatz. Ist zwar nicht *State of the Art,* aber besser als nichts.«

Während Sophie nun aus allen Blickwinkeln knipst, kümmert sich der Leichenbeschauer um die Organisation des Abtransports.

»Dann brauchen wir kein Zelt?« Sören Rijnders Miene hellt sich sichtlich auf.

»Nur, bis die Leiche weggeschafft ist.«

Sophie stellt ihre Kamera nun auf *Video* und filmt auch den Bereich rund um die Leiche ab. Sicher ist sicher. Denn wenn der Regen kommt, schwemmt es so gut wie alles ins Meer.

Ein weißes Eckchen Papier erregt ihre Aufmerksamkeit. Zusammengefaltet und zusammengetreten, guckt es kaum unter den Grasbüscheln neben dem Strandkorb hervor. Schnell hebt sie es auf, bevor die nächste Böe es davon bläst.

»Was hast du gefunden?«, will ihr Chef wissen.

»Ein Stück Papier. Vielleicht ist es 'ne Quittung.« Sie faltet es vorsichtig auseinander und hält es so, dass Thomsen mit draufgucken kann.

»Die Textilpflege *Friedrichsen* verrechnet siebenundzwanzig Euro für die Reinigung eines Smokings«, liest sie von der Rechnung ab. »Abholbar ab übermorgen.«

»Fein, dann ist der noch dort«, brummt Thomsen und streicht sich über seinen Drei-Tage-Bart. »Und mit ein bisschen Glück kennt der Geschäftsinhaber den Smokingträger persönlich.«

»Ja, diese Quittung könnte ein Glücksfall sein«, stimmt Sophie zu und tütet sie in einem der kleinen Tatortbeutel ein, die sie vorausschauenderweise eingesteckt hat.

»Glücksfall . . . von wegen. Da freu ich mich die ganze Woche auf den heutigen Segeltörn, und du redest von Glücksfall!«

Während sie die nörglerischen Kommentare ihres Chefs so gut wie möglich ausblendet, beobachtet Sophie eine Entenmutter, die ihren Nachwuchs unter lautem Geschnatter in geschütztere Gefilde lockt. Ihrer Meinung nach sollten die beiden Hobbysegler dankbar sein, dass sie von dem geplanten Trip abgehalten wurden – auch wenn der Grund dafür ein Mord war.

5

Im Großraum der Kripo Husum sitzen Kommissar Jasper Hinrichs und Kommissarin Svenja Tades gemeinsam vor dem Bildschirm und sehen sich die Fotos an, die ihre Kollegin vom Tatort geschickt hat.

»Ist das Seide?«, fragt Svenja. »Zoom mal in das Bild hinein.«

Doch die Konturen des Stoffes werden dadurch nicht klarer und sie lehnt sich enttäuscht wieder zurück.

»Die Kleidung ist leider kein guter Anhaltspunkt, um herauszufinden, wer der Tote ist«, beschwert sie sich bei ihrem Kollegen. »Jeans und ein graues Hemd. Also ursprünglich«, setzt sie hinzu und verzieht das Gesicht wegen der Menge Blut, die sich auf dem Stoff angesammelt hat.

»Das ist richtig mühsam, wenn man nicht mal weiß, wer das Opfer ist. Ich wette, der Täter hat absichtlich Geldbörse und Handy entfernt, um uns die Arbeit zu erschweren«, ärgert sich auch Jasper.

»Davon kannst du ausgehen – und außerdem hat er speziell den Sonntagmorgen gewählt, um unsere Wochenendpläne zu ruinieren. Was hattet ihr eigentlich heute vor, du und Billi?«

»Den Dachboden entrümpeln.«

Svenja zieht die Augenbrauen hoch. »Ist das eine adäquate Beschäftigung für eine Schwangere?«

»Keine Ahnung. Billi besteht jedenfalls drauf, tatkräftig mitzuhelfen, denn die Mutti hat beschlossen, ihr Schlafzimmer ins Erdgeschoss zu verlegen und uns den ersten Stock samt Dachboden zu überlassen.«

»Wow. Das sind ja tolle Neuigkeiten!« Svenja zupft überrascht ihren blonden Pferdeschwanz zurecht. »Und die Umbauarbeiten kriegt ihr in vier Monaten hin? Soweit ich weiß, kommt das Baby schon im November.«

»Ich hoffe – wenn die Leichen nicht ständig an Sonntagen aufpoppen . . .«

»Ja, das wär mir auch recht«, stimmt Sophie zu, die gerade zur Tür hereinkommt. »Sonntags mit 'ner Ermittlung zu beginnen, ist kein Kinderspiel – als ob Husum in einen Dornröschenschlaf gefallen wäre.«

Plötzlich erhellt ein greller Blitz den Raum und kurz darauf grollt der Donner, dass die Kaffeepötte zittern. Schwere Tropfen klatschen gegen die Fensterscheiben.

»Ist die Leiche noch am Strand?«, erkundigt sich Svenja.

Sophie zuckt die Schultern. »Falls ja, ist das nicht gut für unseren Fall. Hast du nachgeguckt, ob es eine aktuelle Vermisstenmeldung gibt, die zu dem Toten passen würde?«

»Hab ich, und leider nein. Noch geht der niemandem ab.«

»Dann fahr ich jetzt nach Hause zu meinen Lieben – und zu meinem eifersüchtigen Kater«, erklärt Sophie und packt ihre Sachen zusammen.

»Otello ist eifersüchtig? Seit wann das denn?«

»Seit wir Nils haben. Er mag es nicht, dass ihm nun jemand die Aufmerksamkeit stiehlt.«

»Ja, klingt logisch. Wer will das schon?«, meint Svenja. »Warts ab, Jasper, wenn dein Fortpflanz erst mal geboren ist, bist du auch die Nummer zwei.«

»Meinst du . . .?«

»Hundertprozentig.«

Sophie ist schon halb durch die Glastür, als ihre Kollegin sie zurückruft.

»Was ist noch?«

»Ich bring morgen mein Kleid mit, ja? Für die Hochzeit! Die ist ja schon diesen Sonnabend! Dann kannst du mal einen Blick drauf werfen, ich fürchte nämlich, ich muss etwas ändern lassen.«

»Hör bloß mit dem Thema Kleid auf«, stöhnt Jasper. »Das ist bei uns zu Hause ein dauerhaftes Ärgernis. Billi hat ihres viel zu früh bestellt. Mittlerweile ist sie schon aus dem zweiten herausgewachsen, jetzt braucht sie ein drittes.«

»Sag ihr, sie soll es erst am Freitag kaufen«, kichert Svenja. »Dann hat sie 'ne faire Chance, dass sie Sonnabend noch reinpasst.«

6

Sophie öffnet ihre Haustür bloß einen Spaltbreit. Diese Achtsamkeit hat sie sich wegen Otello angewöhnt, der ihr Heimkommen immer sehnlichst erwartet und besitzergreifend um ihre Beine schleicht.

Auch heute lässt die maunzende Begrüßung nicht auf sich warten.

»Sophie!«

Nils hat sie nun ebenfalls entdeckt und stürmt mit kindlicher Begeisterung auf sie zu.

»Hast du den Mörder erschossen?«

»Was?«

»Papa sagt, du erschießt Mörder.«

»Äh . . .«

Sophie nimmt den plappernden Vierjährigen auf den Arm und trägt ihn in die Küche, wo Taako wie jeden Sonntag verschiedene kulinarische Köstlichkeiten zubereitet.

»Moin Schatz.« Er küsst sie, während er seine Hände demonstrativ zur Seite streckt. »Pass auf deine Bluse auf! Diese Soße ist zwar köstlich, aber von Textilien nie wieder abzubekommen.«

»Ich erschieße Mörder?«

Sophie wirft einen demonstrativen Seitenblick auf den blond gelockten Jungen, den sie am Arm trägt.

»Was?«

»Hast du ihm so unsere Berufe erklärt? Du rettest Menschen aus brennenden Häusern und ich erschieße Mörder?«

»Nein, natürlich nicht. Wieso . . .?«

Sophie wiederholt ihren Seitenblick auf Nils.

»Wie kommst du drauf?«, fragt Taako nun seinen Sohn.

Doch der zieht es vor, nicht zu antworten.

»Bekomme ich ein Eis?«, will er stattdessen wissen.

»Nur, wenn du deine Legosteine aufräumst«, erklärt Sophie resolut und setzt den Kleinen wieder ab. Sie hasst es, wenn die Steinchen auf dem Boden herumliegen. Nicht erst einmal ist sie barfüßig auf eines dieser scharfkantigen kleinen Dinger getreten.

»Okay«, mault Nils. »Aber ich will Schoko und Vanille.«

Sophie nimmt zwei Rotweingläser aus dem Schrank und schenkt sie voll. Sie hält Taako, der Garnelen in der Soße rollt, seines an die Lippen.

»Mhm, danke.«

»Also?« Sie sieht ihn auffordernd an.

»Er weiß, dass du Polizistin bist, und er hat gefragt, was du da so machst.«

»Wie wärs mit Verbrechen aufklären?«

»Hab ich versucht. Ehrlich. Aber er verstand weder *Verbrechen* noch *aufklären*. Also hab ich Beispiele beigesteuert.«

»Die sind dir offenbar gelungen.«

»Sorry.« Taako zieht den Kopf ein und setzt einen treuherzigen Dackelblick auf. »Ich hatte keine Ahnung, dass er es so . . . ähem . . . zusammenfassen würde. In Wahrheit hab ich immer noch überhaupt keine Ahnung von irgendwas, soweit es Nils betrifft«, fügt er flüsternd hinzu.

»Ich weiß. Geht mir genauso.« Sophie nimmt einen Schluck Rotwein und sieht dem Jungen zu, wie er die umliegenden Legosteine aus drei Meter Entfernung in die Box zurückwirft. Auch wenn die wenigsten davon tatsächlich im Ziel landen, sind sie nun zumindest alle in der gleichen Ecke verstreut. Seit Cora, Taakos folgenreicher One-Night-Stand, den gemeinsamen Sohn vor zwei Monaten überraschend seinem Vater überlassen hat, steht nicht nur seines, sondern auch ihr Leben Kopf.

Aus ihrer unbeschwerten romantischen Liebes-Beziehung ist eine Instant-Patchwork-Familie geworden, die ohne Pause Herausforderungen aller Art ausgesetzt ist. Doch Leidenschaft ist eine starke Kraft und so schafft es allein Taakos Anblick jeden Tag aufs Neue, ein Lächeln in ihr Gesicht zu zaubern.

Sie schmiegt sich von hinten an ihn. Doch ihr Versuch, ihn zu küssen, scheitert, denn die Pfannen und Töpfe auf dem Herd verlangen nun seine volle Aufmerksamkeit.

»Nicht jetzt, Liebling. Entspann dich doch auf der Couch, bis das Essen fertig ist.«

»Okay.«

Doch kaum hat sie sich in bequemer Position auf selbiger niedergelassen, ertönt das elektronische Möwengekreisch, das einen dienstlichen Anruf ankündigt. *Hauptkommissar Rüdiger Thomsen* steht am Display. Das verheißt nichts Gutes.

»Moin Rüde.«

»Wir haben die Leiche gerade noch in trockenen Tüchern vom Tatort weggeschafft. Was da an Wasser runterkommt, glaubst du nicht. Land unter im Juli.«
Sophie blickt durchs Fenster in den Garten. Auch dort gießt es wie aus Eimern.
»Ja, draußen Essen ist heute nicht.«
»Ich finde es übrigens prima, dass du dich jetzt mit dem Aiko so gut verstehst«, wird er plötzlich persönlich. »Hab der Maike schon gesagt, dass sie euch beide an der Hochzeitstafel getrost nebeneinander setzen kann.«
Sophie zieht eine Grimasse. Schon die Vorstellung, den arroganten Schnösel als Tischnachbar aushalten zu müssen, lässt ihre Laune deutlich sinken. Bis ihr Nils einfällt, den sie wunderbar als Puffer dazwischen setzen kann.
»Du weißt, dass wir zu dritt kommen?«
»Logisch«, antwortet ihr Chef so amüsiert, dass sie sein Grinsen geradezu vor sich sehen kann. »Für die Meerkatzfamilie sind drei Plätze reserviert. Die Obduktion der Strandkorbleiche ist übrigens morgen um acht. Jasper wird dich abholen.«
»Perfekt.«
Als sie ihr Handy wieder weglegt, steht Nils plötzlich vor ihr und sieht sie mit seinen großen blauen Augen neugierig an.
»Was ist eine Obbudion?«
»Du konntest das hören?«
»Klar.«
Mann. Dass der Rüde aber auch so ein lautes Organ haben muss. Was soll sie ihm nun sagen? Dass die Leiche aufgeschnitten und mehr oder weniger in ihre Einzelteile zerlegt wird? Sie mag sich gar nicht

vorstellen, in welchen Worten der Junge das morgen in der Kita von sich geben wird. Da muss jetzt dringend eine kleine Notlüge her.

»Das hast du falsch verstanden. Er sagte Okkasion. Das ist eine Gelegenheit, etwas günstig zu kaufen.«

»Cool . . . einen Bagger vielleicht? Bitte, ich will einen Bagger. So einen, der die Schaufel kippen kann. Kaufst du mir den?«

Die treuherzigen, tiefblauen Augen blicken sie hoffnungsvoll an.

»Mal sehen«, sagt Sophie schmunzelnd und strubbelt ihm durchs Haar.

*Gegen Dummheit ist
kein Kraut gewachsen*

MONTAG

7

Jasper hat sich mit dem Hausmeister des Gerichtsmedizinischen Instituts angefreundet, was unter anderem dazu führte, dass er seitdem im Innenhof parken darf.

Dort steht heute auch ein schwarzer Toyota RAV4, der Sophies Puls in der Sekunde in die Höhe treibt.

Evando fährt so einen. Aber warum sollte er . . . ?

»Moin Sophie.«

Tatsächlich winkt ihr der große, gut aussehende Gerichtsmediziner mit den griechischen Wurzeln schon von Weitem. Augenblicklich aufgewühlt, bemüht sie sich nach außen hin, entspannt zu bleiben.

»Moin Evando. Das hier ist mein Kollege. Kommissar Jasper Hinrichs.«

»Ich kann mich erinnern.« Er streckt die Hand zur Begrüßung aus.

Jasper drückt sie freundlich. »Herr Dr. Kouskouris, schön, Sie wiederzusehen.«

»Was führt dich her? Unsere Leiche?«, fragt Sophie, die immer noch auf einen Zufall hofft. Denn Evando, mit dem sie letzten Herbst eine intensive Liebesbeziehung hatte, arbeitet eigentlich in Cuxhaven.

Mit ihm selbst hat sie schon seit Monaten nicht mehr gesprochen, gerüchteweise hat sie jedoch gehört, dass er nach Hamburg wechseln möchte.

»Ja.« Er checkt sein Handy. »Unbekannte männliche Leiche um acht Uhr. Ist das eure?«

Sophie nickt grimmig.

»Wer hat dich angefordert?«

»Dein Chef. Er hat mich persönlich angerufen und um diesen Gefallen gebeten, weil die zuständigen Kollegen im Urlaub oder aus anderen Gründen nicht so schnell verfügbar sind. Jedenfalls meinte er, der Fall muss bis Freitag geklärt sein, weil er am Sonnabend heiratet. Da konnte ich es ihm nicht abschlagen.«

»Verstehe«, knurrt Sophie und steckt die Hände in die Hosentaschen. Das ist wieder mal typisch Rüde. Ihr ohne Vorwarnung einen Ex-Freund auf den Hals zu hetzen. Noch dazu einen, für den sie richtig tiefe Gefühle hatte.

Hinter ihrer Pokerface-Maske beißt sie die Zähne zusammen und stapft hinter den beiden Männern die Treppe zu den Kellerräumlichkeiten hinunter.

***

In dem kleinen Straßencafé gegenüber dem Institut erläutert Evando anschließend die Ergebnisse der Untersuchung.

»Euer Toter ist ungefähr vierzig Jahre alt, Raucher, hat gerne und viel getrunken und wenig Sport getrieben. Trotzdem war er zu Lebzeiten vermutlich ein attraktiver Mann und hätte ohne das Messer, das seine Lunge und auch sein Herz perforiert hat, noch ein langes Leben vor sich gehabt.«

»Das Messer hat sein Herz perforiert?«, wundert sich Jasper. »Ich dachte, der Einstich wäre unter dem Brustkorb gewesen?«

»War er auch. Knapp drunter. Doch der Täter hat ein langes Messer verwendet und schräg nach oben gestochen. Der Stich ging durch die Lunge durch und hat das Herz gepikst.«

»Hat er deswegen so stark geblutet?«, will Sophie wissen.

»Ja. Er ist innerhalb weniger Minuten gestorben. Vermutlich zwischen Mitternacht und zwei Uhr früh. Ich werde noch ein paar Berechnungen anstellen, um die Tatzeit weiter einzugrenzen.«

»Gut.« Sophie notiert sich das. »Kannst du uns sonst noch etwas sagen, das uns weiterhilft?«

»Hast du Fotos für mich?«, reagiert Evando mit einer Gegenfrage und sieht sie auffordernd an.

Sophie zieht einige Ausdrucke aus der Tasche, auf denen Fotos von der Leiche zu sehen sind, wie sie am Tatort aufgefunden wurde, und schiebt sie über den Tisch. Er nimmt sie prüfend in Augenschein.

»Hm, ja, das dachte ich mir. Ich vermute, der Täter hat den Kopf seines Opfers mit der linken Hand nach hinten gedrückt und mit der rechten zugestochen.«

»Abwehrverletzungen?«

»Nein, keine.«

»Das heißt, Opfer und Täter saßen friedlich nebeneinander im Strandkorb«, resümiert Sophie. »Bis der Angriff passierte?«

»Ja, die Spuren würden diese Theorie stützen.«

»Dann ist es so gut wie sicher, dass sie sich gekannt haben«, zieht sie ihre Schlussfolgerungen.

»Klingt logisch«, stimmt Jasper zu. »Ich würd mich nicht mit 'nem Fremden mitten in der Nacht in einen Strandkorb setzen.«

Sophie lacht. »Ja, das dachte ich mir. Kannst du uns noch etwas sagen, das uns hilft, das Opfer zu identifizieren«, wendet sie sich wieder an Evando.

»Eine Narbe am linken Unterschenkel, vermutlich von einer Brandwunde, und zwei Zahnfüllungen in der unteren Zahnreihe – mehr hat die Leiche nicht zu bieten.«

Auf dem Rückweg zum Parkplatz taxiert der groß gewachsene Pathologe Sophie von der Seite. Sie kann seine Blicke, die ihren Körper abtasten, beinahe körperlich spüren.

»Wie gehts dir denn so? Privat, meine ich?«, bringt er nun das Gespräch mit einem charmanten Lächeln auf die persönliche Ebene.

»Danke, bestens. Ich bin seit einigen Monaten in einer sehr glücklichen Beziehung«, stellt sie klar. »Und dir?«

»Auch. Ja, ebenso«, antwortet er leichthin und sie hat plötzlich den Eindruck, dass das nicht so ganz der Wahrheit entspricht. Den Rest des Weges gehen sie schweigend nebeneinander her, dennoch spürt sie die Auswirkungen seiner körperlichen Nähe bis in die Haarfollikel. Während ihre Gedanken ganz von selbst in der Zeit zurückkreisen, streicht sie sich über ihre Unterarme, auf denen sich trotz der sommerlichen Temperaturen eine Gänsehaut gebildet hat. Mit Evando hat sie ihr erstes Weihnachtsfest hier im Norden verbracht. Er hat ihr nach emotional schwierigen Jahren in Berlin den Glauben an eine glückliche Zukunft als Teil eines Paares wiedergegeben. Und wieder genommen. Als das Jahr zu Ende ging, endete offenbar auch seine Liebe zu ihr, den Grund dafür hat sie jedoch nie erfahren. Es blieb ihr gar nichts anderes übrig, als die Situation hinzunehmen, wie sie war. Manchmal täuscht man sich eben in einem Menschen – blöd ist nur, wenn man sich danach immer noch zu ihm hingezogen fühlt.

Jedenfalls ist sie enorm erleichtert, als sie mit ihrem Kollegen wieder im Dienstwagen sitzt und eine sichere Distanz zwischen sich und die Pheromone gebracht hat, die dieser Halbgrieche im Überfluss versprüht.

***

Die Express-Reinigung Friedrichsen ist mit Ausnahme einer Kaugummi kauenden jungen Angestellten menschenleer.

»Oberkommissarin Meerkatz«, stellt Sophie sich vor. »Wir sind auf der Suche nach diesem Smoking.«

Sie zieht ihr Handy aus der Tasche und zeigt der jungen Frau das Foto jenes Belegs, den sie am Tatort gefunden hat.

»Wir dürfen nur Originalbelege akzeptieren.«

»Wir kommen den Anzug nicht abholen, wir ermitteln hier in einem Mordfall«, verdeutlicht Jasper die Situation.

»Oh gut, weil den Anzug darf ich Ihnen ohne Originalbeleg nicht aushändigen.«

»Sie verstehen den Ernst der Lage nicht«, stöhnt Sophie. »Ist dieser Smoking denn schon gereinigt?«

»Da müsste ich nachsehen.« Beinahe provokant lässt sie eine große Kaugummiblase über ihre Lippen platzen.

»Dann tun Sie das«, fordert Sophie und verleiht ihren Worten mit strenger Stimme den nötigen Nachdruck.

Die Angestellte begibt sich zu einem kleinen Monitor, der offenbar noch aus der Computersteinzeit stammt und klickt eine Weile mit einer klobigen Maus herum.

»Nummer 374. Nein leider.« Nun inspiziert sie neuerlich das Foto der Quittung. »Da steht sogar drauf, dass er frühestens morgen abzuholen ist.«

Sophie verdreht die Augen und spricht ein Machtwort.

»Ich werde ihn jetzt mitnehmen.«

»Ungereinigt?«

»Natürlich ungereinigt.«

»Dafür brauche ich den Originalbeleg.«

Sophie holt tief Luft.

»Sie händigen mir jetzt auf der Stelle diesen Smoking aus! Und wenn ich einmal noch das Wort *Originalbeleg* höre, dann schwöre ich Ihnen, dass ich Sie eigenhändig wegen Behinderung der Ermittlungen in einem Mordfall festnehme und auf dem nächsten Polizeirevier einsperre.«

»Sie müssen nicht gleich so unfreundlich werden«, beschwert sich die junge Frau, während sie unverdrossen an ihrem Kaugummi weiterkaut. »Das kann schon ein paar Minuten dauern, bis ich den richtigen Smoking finde.«

»Können Sie sich vielleicht erinnern, wie der Mann aussah, der diesen Anzug zur Reinigung brachte?«, versucht nun Jasper mit ihr ins Gespräch zu kommen. Doch er erntet bloß einen mitleidigen Blick, gefolgt von einer weiteren Kaugummiblase.

»Auf dem Beleg steht *Schwarzer Smoking*«, meint sie lapidar.

»Äh, ja richtig.«

»Und wie viele schwarze Smokings sehen Sie dort?« Sie deutet auf die gegenüberliegende Wand, über deren gesamte Breite sich eine Kleiderstange zieht, auf der sich dicht an dicht unzählige Anzüge aneinanderreihen. Auch etliche Smokings sind darunter. Allesamt schwarz.

»Viele . . .«

»Und Sie fragen mich jetzt ernsthaft, ob ich mich erinnern kann, wer . . .«

»Schon verstanden«, unterbricht Jasper mit roten Ohren.

Die junge Angestellte vergleicht nun die Nummer, die an dem Smoking angeheftet ist, mit der Nummer auf dem Foto.

»Aber auf Ihre Verantwortung«, motzt sie in Sophies Richtung. »Was soll ich denn dem Kunden sagen, der seinen Smoking abholen will, wenn der nicht mehr hier ist?«

»Gar nichts. Sowie jemand nach diesem Smoking fragt, rufen Sie mich sofort an«. Sophie schiebt ihre Visitenkarte über den Tisch. »Mit dem betreffenden Herrn werde ich mich dann unterhalten. Ihren Namen möchte ich mir noch notieren.«

»Frauke Hinrichs.«

»Hinrichs?«, fragt Jasper freudig überrascht. »So heiße ich auch.«

»Tatsache?« Der gelangweilte Augenaufschlag macht deutlich, was sie davon hält, und so ist er heilfroh, als sie die Reinigung wieder verlassen.

8

Zurück im Großraum finden Sophie und Jasper den Hauptkommissar und Svenja in eine Diskussion versponnen vor.

»Es sollte eine Überraschung sein – eine, mit der sie im Leben nicht gerechnet hätte«, erklärt Thomsen gerade kichernd.

»Die ist dir gelungen«, knurrt Sophie und knallt ihre Unterlagen auf den Tisch.

»Was?«, fragt ihr Chef perplex.

»Jetzt tu mal nicht so. Evando hat mir gesteckt, dass du ihn zu einem *Freundschaftsdienst* genötigt hast.«

»Ach das. Hast du nicht gesagt, er ist der Beste?«

»Ist er auch«, ärgert sich Sophie. »Aber . . .«

»Na eben. Denkst du, es ist so einfach, an einem Sonntag im Juli – auf dem Höhepunkt der Urlaubssaison – einen Gerichtsmediziner aufzutreiben, der diese Leiche gleich Montag früh dran nimmt? Und wir wollen diesen Fall doch so schnell wie möglich aufklären. Immerhin heirate ich Sonnabend!«, erklärt er im Brustton der Überzeugung. »Bis dahin will ich den Mörder hinter Schloss und Riegel haben!«

»Ach was«, schnaubt Sophie. »Gerade noch hast du

zu Svenja gesagt, dass du es bewusst auf eine Überraschung angelegt hattest, eine, mit der ich im Leben nicht gerechnet hätte!«

Während Thomsen nun verdutzt aus der Wäsche guckt, beginnt Svenja zu lachen.

»Das hast du missverstanden«, gluckst sie. »Der Rüde möchte die Maike bei der Hochzeit mit etwas ganz Besonderem überraschen. Als Zeichen seiner Liebe. Wir überlegen schon die ganze Zeit, worüber sie sich freuen würde.«

»Ach so.« Sophie zieht die Schultern hoch. »Dann reicht es offenbar, dass bloß Jasper und ich ermitteln, bei diesem *ach-so-dringenden* Fall, der unbedingt bis Freitag geklärt sein muss.«

»Wie wärs mit einem Lied?«, schlägt Jasper vor.

»Einem Lied?« Thomsen sieht den Jüngeren an, als hätte er ihm empfohlen, einen Strumpf zu stricken.

»Ja, du könntest einen romantischen Song für sie singen, als Mitternachtseinlage vielleicht?«

»Hey, das ist gar kein so schlechter Vorschlag«, ist Svenja sofort Feuer und Flamme. »Maike wäre sicher zutiefst gerührt, wenn du auf diese Art deine Liebe zu ihr zum Ausdruck bringst!«

»Meint ihr . . . ?«

»Klar. Du nimmst einfach einen richtig gefühlvollen Song und . . .«, versucht Jasper seine Idee weiter auszuführen, aber sein Chef unterbricht ihn sofort.

»Welchen denn?«

»Am besten einen, der Maike gefällt. Frag sie doch einfach nach ihrem Lieblingslied«, empfiehlt Sophie schon ein wenig genervt. »Und jetzt würde ich euch wirklich gern berichten, was wir von Evando . . .«

»Ich kenne ihr Lieblingslied«, grätscht Svenja

neuerlich dazwischen. »Es ist *Endless Love* von Lionel Ritchie.«

»Das ist aber englisch«, stellt Thomsen enttäuscht fest. »Da spreche ich sicher alles falsch aus.«

»Dann dichtest du es eben auf Deutsch um«, stöhnt Sophie. »Aber bitte nicht jetzt. Jasper, erzähl du doch mal, was wir soeben erfahren haben.«

»Gern«, erklärt jener und beginnt übergangslos in aller Ausführlichkeit die Obduktionsergebnisse zu schildern. Als er beim Zahnbefund angelangt ist, wird er von Svenjas klingelndem Telefon unterbrochen.

»Kommissarin Tades. Ja, wir haben heute früh telefoniert. Ach, echt? Ja, damit wäre uns sehr geholfen. Geben Sie mir die Dame mal an den Hörer.« Während sie wartet, stellt sie die Raumsprechfunktion an. »Das ist der Kollege aus Bredstedt. Eine Frau vermisst dort einen Mann, der unsere Leiche sein könnte«, wispert sie ihren Kollegen zu.

»Hallo?«, ertönt kurz darauf eine unsichere weibliche Stimme aus dem Lautsprecher.

»Hier spricht Kommissarin Tades. Mit wem spreche ich?«

»Vanessa Gries. Ich suche meinen Lebensgefährten.«

»Wie heißt er denn?«, will Svenja wissen.

»Sander Olsen.«

»Und wie alt ist er?«

»Gerade vierzig geworden.«

»Können Sie ihn ein wenig beschreiben?«

»Ja, er ist normal groß und schlank, blaue Augen, schulterlange braune Haare . . .«

»Was hatte er denn an, als sie ihn zuletzt gesehen haben?«

»Tja, ich weiß nicht. Jeans wahrscheinlich. Die trägt

er immer. Und ein Hemd, das graue vielleicht, aber da bin ich mir nicht so sicher.«

Sophie gestikuliert nun, dass sie das Gespräch übernehmen möchte.

»Frau Gries, ich verbinde Sie nun mit Oberkommissarin Meerkatz«, erklärt Svenja prompt.

»Okay.«

»Moin Frau Gries. Hat Ihr Mann eine Narbe am linken Unterschenkel?«

»Ja, woher wissen Sie das?« Die unsichere weibliche Stimme klingt nun deutlich irritiert.

»Können Sie nach Husum kommen?«

»Wie, jetzt gleich?«

»Ja, jetzt gleich. Bitte kommen Sie direkt zur Kripo. Wir werden Ihnen alles erklären.«

»Aber warum denn? Ich meine, was ist denn passiert?«

»Kommen Sie bitte erst mal her. Dann wird sich alles klären.«

»Okay«, lenkt sie ein wenig schmollend ein und Sophie beendet das Gespräch.

»Woher wusste der Kollege aus Bredstedt, dass er dich anrufen soll?«, will sie nun von Svenja wissen.

»Weil ich heute Morgen alle umliegenden Polizeiinspektionen durchgerufen habe, um sie auf vermisste Männer um die vierzig zu sensibilisieren.«

»Oh«, meint Sophie überrascht.

»Ganz genau.« Svenja grinst. »Du und Jasper, ihr seid nicht die Einzigen, die an diesem Fall arbeiten.«

9

Vanessa Gries, die von einer uniformierten Beamtin in den Vernehmungsraum begleitet wird, kann man ihre Nervosität gut ansehen. Sie wirkt fahrig, zittrig und ein wenig durcheinander.

»Also, dass ich gleich auf die Polizeidienststelle kommen muss, hätte ich nicht gedacht. Ich hatte Angst, dass Sander etwas passiert ist, weil er noch nie einfach so über Nacht weggeblieben ist. Aber nun, wo ich bei der Kripo gelandet bin, da frag ich mich schon, ob Sie ihn vielleicht festgenommen haben? Ist er in irgendwas Strafbares verwickelt? Wenn er etwas angestellt hat, weiß ich von nichts. Ich hab mit seinen Geschäften nichts zu tun. Gar nichts. Ich hab ein kleines Kind zu versorgen«, sprudelt es nur so aus ihr heraus.

Sophie betrachtet die Frau, die gerade mal dreißig ist – wenn überhaupt – und hibbelig ihr langes platinblondes Haar zwischen den Fingern dreht. Der dunkle Ansatz am Kopf ist bereits etliche Zentimeter lang und bräuchte dringend frische Farbe.

»Was denken Sie denn, Frau Gries, worin könnte Ihr Freund denn verwickelt gewesen sein?«

»Lebensgefährte. Sander wohnt schon seit vier

Jahren bei mir. Denken Sie, ich hätte sonst ein Kind von ihm?«

»Er ist also der Vater Ihres Sohnes?«, tippt Sophie und liegt wieder falsch.

»Meiner Tochter. Sie ist drei Jahre alt.«

»Wo ist Ihre Tochter jetzt?«

»In der Kita, wo denn sonst?«

»Schön. Warum denken Sie, dass wir Ihren *Lebensgefährten* festgenommen haben?«, versucht es Sophie neuerlich mit der gleichen Frage.

»Weiß ich doch nicht. Ich sagte Ihnen doch eben, ich hab mit seinen Geschäften nichts zu tun.«

»Was macht er denn beruflich?«

»Er ist Unternehmensberater. Da trifft er Leute und berät sie.«

»Und Sie?«

»Ich betreue mein Kind.«

»Verstehe. Dann kommt Ihr Lebensgefährte für alle Ausgaben auf?«

»Ja. Aber warum interessiert Sie das? Mildert das seine Strafe, wenn er allein für seine Familie sorgt? Weil er genau das nämlich macht. Er hat sogar mein Auto bezahlt.«

Sophie seufzt innerlich, wissend, dass sie die traurige Botschaft nicht endlos hinauszögern kann. Doch zumindest auf die Tatnacht möchte sie noch zu sprechen kommen, bevor sie aus Vanessas Leben einen Trümmerhaufen macht.

»Seit wann vermissen Sie ihn denn?«

»Seit gestern Abend. Er kam nicht heim. Er traf sich abends mit einem Freund oder einem Kunden hier in Husum. So genau hat mich das nicht interessiert. Er hat oft Termine hier. Aber bisher ist er danach immer heimgekommen.«

»Um welche Uhrzeit hatten Sie ihn denn erwartet?«

»Mitternacht oder eins. Es kann auch mal zwei werden. Es kommt öfter vor, dass er spät heimkommt. Aber er ist noch nie die ganze Nacht weggeblieben.«

»Frau Gries, hat Ihr Lebensgefährte vielleicht Feinde? Menschen, die ihm Übles wollen?«

»Nee, wieso?«

»Wir haben einen Mann gefunden, auf den die Beschreibung ihres Lebensgefährten passen könnte.«

Sophie macht eine Pause, um die Nachricht wirken zu lassen. Aber sie kommt bei Vanessa nicht an.

»Warum fragen Sie ihn nicht einfach, wie er heißt?«, schlägt sie vor und blickt mit ihren stark geschminkten dunklen Augen ausdruckslos durch den Raum.

»Das würden wir, wenn . . .«, beginnt Sophie und lässt das Ende des Satzes bewusst in der Luft hängen.

Endlich dämmert ihrer Gesprächspartnerin, worauf dieses Gespräch hinausläuft, und ihre Augen füllen sich mit Tränen.

»Oh mein Gott, ist er verletzt? Ist er bewusstlos? Was ist mit ihm geschehen?«

»Der Mann, den wir gefunden haben, ist tot. Leider. Wir wollen nun mit Ihrer Hilfe herausfinden, ob es sich um Ihren Lebensgefährten handelt.«

»Nein«, haucht Vanessa fast tonlos. Alle Farbe ist nun aus ihrem Gesicht verschwunden. Plötzlich springt sie auf und packt Sophie am Arm.

»Nein! Nein! Nein! Es darf nicht Sander sein. Hören Sie! Es darf nicht Sander sein!«

10

Bei der Identifizierung am Gerichtsmedizinischen Institut stellt sich zum Leidwesen der jungen Mutter das Gegenteil heraus.

Vanessa Gries schluchzt so heftig, dass sie zu wanken beginnt. Sophie greift ihr beherzt unter die Arme und bugsiert sie auf einen der Stühle, die am Gang stehen.

»Was soll ich denn nun tun?«, fragt die junge Frau immer und immer wieder.

»Haben Sie jemanden, der Ihnen in dieser schwierigen Zeit zur Seite stehen kann? Eine Freundin oder eine Schwester vielleicht?«, schlägt Sophie vor.

»Meine Mama«, murmelt Vanessa tonlos, macht jedoch keine Anstalten, zum Handy zu greifen. Wie gelähmt sitzt sie da und starrt auf die Wand gegenüber.

»Wohnt sie in der Nähe?«

»Ja, in Sönnebüll.«

Sophie greift zu ihrem eigenen Mobiltelefon und lässt sich die Telefonnummer der Mutter geben, um herauszufinden, ob von jener emotionale Unterstützung zu erwarten ist.

Tatsächlich erklärt sich Gertrud Gries sofort bereit,

die Tochter abzuholen und nach Hause zu bringen.

Erleichtert wendet sich Sophie wieder ihrer verstörten Zeugin zu.

»Wir sprechen dann später weiter, wenn Sie sich ein wenig erholt haben. Bitte denken Sie darüber nach, wer Ihrem Sander nicht wohlgesonnen war.«

Doch Vanessa reagiert nicht darauf. Sie ist in ein dumpfes Brüten verfallen und starrt bloß regungslos vor sich hin.

Die Mutter entpuppt sich als resolute Mittfünfzigerin, die auf ihre Tochter zueilt und sie sofort in die Arme schließt.

»Ach Liebes, wie schrecklich! Ich bin sofort losgestartet, als diese Kommissarin mich angerufen hat.«

»Das war ich«, stellt Sophie sich vor. »Oberkommissarin Meerkatz.«

»Gertrud Gries. Ich bin immer noch ganz geschockt. Auf dem Weg hierher habe ich sämtliche Geschwindigkeitsrekorde gebrochen. Nun, das haben Sie besser nicht gehört. Was ist denn passiert?«

»Jemand hat Sander ermordet«, schnieft Vanessa.

Der Blick der besorgten Mutter wandert nun zu Sophie.

»Das hatte ich mir nach dem Telefonat schon zusammengereimt. Mehr wissen Sie noch nicht?«

»Nein. Bloß, dass es mitten in der Nacht am Dockkoog geschah. Ist Ihnen vielleicht bekannt, ob der Freund Ihrer Tochter Feinde hatte?«

»Lebensgefährte«, heult Vanessa.

»Nee, also das wüsste ich jetzt nicht . . .«, überlegt Frau Gries, »aber wir standen uns auch nicht sehr nah.

Er war nur selten dabei, wenn meine Tochter mich besucht hat. Meistens hatte sie bloß Affi dabei.«

»Affi?«, fragt Sophie irritiert.

»Meine Enkeltochter.«

»Die heißt *Affi*?«

»Aphrodite«, schnieft Vanessa.

»Das war eine griechische Göttin«, erklärt ihre Mutter stolz.

»Aha.« Sophie verbeißt sich ein Grinsen, welches angesichts der schwierigen Situation, in der sich die Familie befindet, völlig unangebracht wäre, und geleitet die beiden aus dem Gebäude.

»Wie lange kann . . . Affi . . . denn in der Kita bleiben?«, fragt sie Vanessa bei der Verabschiedung.

»Bis um fünf.«

»Gut.« Sophie überreicht ihre Visitenkarte. »Dann komme ich möglichst bald zu Ihnen, damit wir uns noch ausführlich unterhalten können. Fürs Erste ruhen Sie sich jetzt mal aus.«

»Das wird sie, dafür sorge ich schon«, verspricht die Mutter, hakt die Tochter unter und schiebt sie Richtung Auto. »Ich mach dir jetzt gleich 'nen feinen Tee.«

11

»Die Tochter unseres Opfers heißt *Affi*?«

Svenja macht große Augen, nachdem Sophie die neuesten Ermittlungsergebnisse weitergegeben hat.

»Aphrodite.«

»Nee, oder?«

»Doch.« Sophie lehnt sich mit einer Pobacke an den Schreibtisch ihrer Kollegin.

»Das ist doch mal 'n Name!«, amüsiert sich Svenja. »Was meinst du, Jasper, wäre das was für deine Tochter?«

»Es wird 'n Junge.«

»Das weißt du doch noch gar nicht. Billis Ultraschalltermin ist erst morgen!«

»Aber ihr Bauch ist mehr spitz als rund und die Mutti sagt, bei so einem Bauch wird es ein Junge«, beharrt Jasper störrisch.

»Das ist doch Quatsch . . .«

»Habt ihr etwas über Sander Olsen rausgefunden?«, unterbricht Sophie.

»Sander Olsen . . .?«, überlegt Jasper.

»Unser Opfer«, hilft Sophie nach – nicht ohne die Augenbrauen hochzuziehen. »Der Tote, den wir im

Strandkorb gefunden haben.«

»Ja, richtig.« Er streicht sich ein wenig verlegen über die runde Stelle am Hinterhaupt, wo ihm schon seit Jahren die Haare ausfallen.

»Nee, also . . . bloß, dass er selbstständig tätig ist. Als Unternehmensberater.«

»Ich hab ihn durch unsere Datenbanken laufen lassen«, erwidert Svenja. »Er hat 'ne Vorstrafe wegen Trunkenheit am Steuer. Hat vor zwei Jahren eine junge Frau angefahren. Katja Bonner. Es gab 'ne Verhandlung, er kam aber mit Bewährung davon.«

»Oha. Weiß man, ob diese Katja Bonner ernsthaft Schaden genommen hat?«, hakt Sophie nach.

Svenja ruft den Eintrag in der Datenbank nochmals auf. »Nee, steht hier nicht.«

»Ist das wichtig?«, will Jasper wissen.

»Nun ja, wenn sie beispielsweise als Folge einen Abort erlitten hätte, wäre das ein Mordmotiv.«

»Stimmt«, erklärt er beeindruckt. »Ein Kind auf diese Art zu verlieren, kann definitiv zu Mordlust führen. Ich geh der Sache sofort nach.«

»Und wie?«, will Svenja wissen.

»Indem ich sie aufsuche und befrage. Wie heißt sie noch mal?«

»Katja Bonner.«

Er hämmert eine Weile auf die Tasten seiner Tastatur ein und kritzelt anschließend eine Adresse auf seinen Notizblock.

»Schon gefunden.« Jasper nimmt seine Jacke vom Haken. »Wenn nichts Dringlicheres ansteht, mach ich mich auf den Weg.«

»Einverstanden«, erwidert Sophie und wendet sich wieder Svenja zu. »Und wir beide unterhalten uns ausführlich mit der *Lebensgefährtin* des Opfers. Vielleicht weiß sie auch etwas über den Vorfall mit Katja Bonner.«

***

Nachdem Sophie es sich auf dem Beifahrersitz des Dienstwagens bequem gemacht hat, fällt ihr ein, dass sie Thomsen in den Räumlichkeiten der Kripo gar nicht gesehen hat.

»Wo steckt eigentlich der Rüde?«, will sie von ihrer Kollegin wissen, die den Wagen Richtung Bredstedt lenkt.

»Er hat den Dienststellenleiter über unseren neuen Fall informiert und sich anschließend in sein Büro zurückgezogen.«

»Zum Nachdenken?« Sophie zieht eine Grimasse.

»Vermutlich.« Svenja grinst.

»Fragt sich bloß, worüber . . .« Doch bevor sie das Gespräch über ihren Chef vertiefen können, ertönt das aufdringliche, elektronische Möwengekreisch aus Sophies Handtasche.

»Willst du nicht mal deinen Klingelton ändern?« Svenja verdreht genervt die Augen.

»Nils findet ihn cool.«

»Nils ist vier.«

Sophie zuckt die Schultern und nimmt das Gespräch an.

»Oberkommissarin Meerkatz . . . was? Bitte

beruhigen Sie sich . . . Oh! Wen haben Sie bereits verständigt? Gut. Fassen Sie nichts an. Wir sind bereits auf dem Weg zu Ihnen.«

»Was ist los?«, will Svenja wissen.

»Jemand ist in Vanessa Gries' Haus eingebrochen. Sie sagt, es sieht aus, als ob 'n Hurrikan durchgebraust wär.«

»Oh Mann, das kann kein Zufall sein!«

»Denke ich auch«, stimmt Sophie zu. »Ich sag gleich mal der SpuSi Bescheid.«

12

Vanessa Gries sitzt aufgelöst auf einer hölzernen Gartenbank vor ihrem Haus. Das Longdrink-Glas in ihrer Hand sieht aus, als ob es einen Seelentröster beinhalten würde. Gin-Tonic, tippt Sophie.

»Was soll das alles? Wer macht so etwas?«, schluchzt die junge Frau verzweifelt und zündet sich mit zitternden Händen eine Zigarette an.

»Das finden wir raus«, erwidert Svenja.

»Ist meine Tochter in Gefahr?« Gertrud Gries, die vorhin noch ruhig und fürsorglich war, wirkt nun ebenfalls sehr geschockt. Ihre Augen flackern panisch und auf ihrer Stirn zeichnen sich Schweißperlen ab.

»Das weiß ich nicht, aber solange wir hier sind, brauchen Sie keine Angst zu haben«, versucht Sophie beruhigend auf sie einzuwirken. »Aus Sicherheitsgründen sollte in diesem Haus heute niemand übernachten. Können Sie Ihre Tochter und Ihre Enkelin eine Weile bei sich zu Hause aufnehmen?«

»Klar. Mach ich doch gern. Ich hab bloß so 'ne Angst um die beiden . . .«

»Das verstehe ich gut. Wir geben unser Bestes, um denjenigen zu finden, der das zu verantworten hat. Je mehr Sie mir erzählen können, desto schneller kommen wir ihm auf die Schliche«, erklärt Sophie, wohl wissend, dass diese Rechnung so gut wie nie aufgeht. Aber ohne Informationen kommen sie überhaupt nicht vom Fleck.

»Aber ich weiß doch gar nichts«, jammert die Mutter verzweifelt. »Und wer nichts weiß, der kann auch nichts sagen. Oder interessieren Sie sich dafür, welche Zigarettenmarke er geraucht hat? Oder welches Bier er mochte?«

»Ich denke, ich weiß etwas«, sagt Vanessa plötzlich. »Sein Bruder und er haben sich gehasst. So richtig schlimm. Die hatten nur noch über ihre Anwälte Kontakt.«

»Nun, das ist interessant. Wissen Sie auch, weswegen die beiden so zerstritten waren?«

»Wegen des Elternhauses, das sie gemeinsam geerbt haben – denke ich zumindest. Sander hat ungern mit mir darüber gesprochen.«

»Aber den Namen des Bruders wissen Sie schon?«

»Uwe Olsen.« Plötzlich runzelt sie ihre Stirn und kurz darauf springt sie aufgeregt hoch. »Jetzt ist mir doch noch etwas eingefallen. Sander hat mir eine Lebensversicherung hinterlassen.« Als sie der plötzlichen Eingebung folgend ins Haus stürmen will, versperrt Svenja ihr den Weg.

»Sie können hier nicht einfach hineinlaufen!«

»Aber ich muss. Ich habe mich nämlich an etwas erinnert. Sander hat mir mal ein Kuvert gezeigt. Ein hellblaues. Er sagte, das wäre seine Lebensversicherung. Ich muss wissen, ob dieses Kuvert noch da ist.«

»Okay. Wir sehen nach. Aber ganz vorsichtig.« Sophie reicht Vanessa ein Paar Einweghandschuhe und Überzieher für die Schuhe. Sie selbst zieht sich ebenfalls welche über.

Das Innere des Hauses ist schwer verwüstet. Im Wohnzimmer wurde alles, was sich in Regalen oder Kommoden befand, auf den Boden gekippt. Auf Zehenspitzen bahnt sich Sophie ihren Weg durch das Chaos aus zerbrochenen Vasen, zerfledderten Büchern und sonstigem Haushaltskram. Ein Blick auf Vanessa verrät ihr, wie sehr ihr dieser barbarische Überfall auf ihre eigenen vier Wände zu schaffen macht. Sie steht wie versteinert und ihre Augen füllen sich neuerlich mit Tränen.

Sophie nimmt sie mit festem Griff an der Hand. »Denken Sie jetzt nur an das Kuvert. Wo wurde es aufbewahrt?«

»Im Schlafzimmer. Im Nachtkästchen . . .«

»Dann sehen wir dort jetzt nach.«

»Okay.«

Vanessa geht vor und bleibt vor dem Bett stehen. Als sie sieht, dass auch der Inhalt des Nachtkästchens auf dem Boden verstreut liegt, lässt sie sich weinend auf der Matratze nieder und starrt auf die Dinge zu ihren Füßen.

»Es ist nicht mehr da.«

Sophie sieht sich im restlichen Zimmer um. Die andere Seite des Bettes ist nicht zerwühlt, das Nachtkästchen dort völlig unversehrt. Als ob die Verwüstung des Hauses nach der Durchsuchung dieser Seite des Bettes ihr Ende gefunden hätte.

»Sind Sie sicher, dass das Kuvert hier war?«

»Absolut. Ich habe es nie an einem anderen Ort aufbewahrt.«

»Dann hatte es der Einbrecher vielleicht darauf abgesehen«, resümiert Sophie. Ihr Blick fällt nun auf die hintere Wand des Raumes, wo sie eine weitere Tür entdeckt.

»Und diese Tür? Wo führt die hin?«

»In Affis Zimmer. Sie schläft gleich nebenan. Hat er, ich meine, wurde ihr Zimmer auch . . .?«

Sophie quert den Raum und wirft einen Blick in das liebevoll gestaltete, lichtdurchflutete kleine Zimmer nebenan. Plüschtiere und Puppen tummeln sich auf einem Prinzessinnen-Kinderbett. Ein großes, weißes Einhorn sitzt auf dem rosafarbenen Läufer davor.

»Nein. Hier scheint alles in Ordnung zu sein. Möglicherweise war der Täter tatsächlich hinter dem Kuvert her und ist wieder abgehauen, nachdem er es gefunden hatte. Kommen Sie mit mir hinaus, wir sprechen draußen weiter.«

»Lebensversicherung gefunden?«, fragt Svenja, die sich in der Zwischenzeit mit Gertrud Gries auf der Gartenbank vor dem Haus unterhalten hat.

Sophie schüttelt den Kopf.

»Offenbar hatte es der Täter auf genau dieses Kuvert abgesehen.«

Vanessa lässt sich schluchzend auf dem Bänkchen neben ihrer Mutter nieder.

»Machen Sie sich kein Kopp deswegen, die Versicherung hat immer 'ne Kopie«, versucht Svenja die Verzweifelte zu trösten.

Doch die lässt die Schultern bloß noch mehr hängen.

»'Nee, so 'ne Versicherung war das nicht. Mehr 'ne Art Absicherung. Als Sander vor vier Jahren bei mir eingezogen ist, legte er mir dieses Kuvert ins Nachtkästchen. Er sagte, wenn er eines Tages mal nicht heimkommen würde, dann würde ich die Erklärung dafür da drin finden.«

»Ach, echt?« Svenja sieht ein wenig perplex drein. »Dann hätten Sie es gestern Nacht schon öffnen können. Als es noch da war.«

»Das ist mir auch grad klar geworden«, schnieft Vanessa. »Aber ich hatte es komplett vergessen . . . ich bin so eine blöde Kuh . . .«

Die Tränen beginnen wieder zu fließen und Svenja blickt fragend zu Sophie hinüber. Doch die zuckt lediglich mit den Schultern. 'Ne verpasste Gelegenheit kehrt eben nicht wieder.

13

Ein gutes Glas Rotwein mit einer Zigarette auf der Terrasse zu genießen ist Sophies liebste Art, einen Arbeitstag ausklingen zu lassen. Was dabei nicht fehlen darf, ist der flauschige schwarz-weiße Kater, der sich nach seiner Fütterung zufrieden auf ihrem Schoß einrollt.

Und natürlich das Telefonat mit der besten Freundin. Doch diese hebt erst nach dem elften Klingeln ab.

»Hab ich dich aus der Badewanne geholt?«, fragt Sophie.

»Beinahe. Mit einem Bein war ich schon drin«, lacht Alex. »Wie war dein Wochenende? Immer noch happy mit *Plötzlich-Familie*?«

»Klares Ja! Natürlich, Nils ist anstrengend, aber auch voll süß und Taako, na ja, den brauche ich nur anzusehen und schon werde ich ganz kribbelig.«

»Dann hattest du also ein perfektes Wochenende?«

»Nicht ganz.«

»Was hat gestört?«

»Eine frische Leiche«, beschwert sich Sophie. »Genau zum Sonntagsfrühstück. Nils war gerade dabei, sämtliche Brötchen mit Nutella aneinanderzukleben, als der Anruf kam.«

»Wohnen die beiden jetzt bei dir?«

»Nein. Aber Taako kommt am Wochenende gerne schon vor dem Frühstück mit ihm zu mir, dann richten wir alles gemeinsam an.«

»Wie süß. Und er kommt mit dem Jungen ganz allein klar?«

»Natürlich nicht.« Sophie lacht. »Ich hol den kleinen Racker öfter von der Kita ab als er, aber dafür kümmert er sich dann um das Essen. Und er ist ein Meister in der Küche, das macht alles wieder wett.«

»Und vermutlich nicht nur in der Küche . . .«, feixt Alex.

»Definitiv nicht nur in der Küche . . .«

»Und diese Cora, Nils' Mutter, hat sich die mal wieder gemeldet?«

»Ja. Sie ruft jede Woche an. Offenbar klappt's gut mit der Reha. In einer Woche wird sie entlassen und dann will sie ihn wieder zurück.«

»Du klingst traurig . . .«

»Tja. Ich hab ihn lieb gewonnen und Taako, nun ja, er ist völlig vernarrt in den Kleinen. Er hat Cora schon gesagt, dass er ihn nun regelmäßig sehen will.«

»Dann hast du jetzt endlich deine Art von Familienglück gefunden?«

»Ich denke schon. Mit Taako zusammen fühlt sich das Leben irgendwie leichter an. Prickelnd und vertraut gleichermaßen. Aber jetzt rate mal, welchen deiner Kollegen der Rüde ausgerechnet heute nach Husum geholt hat!«

»Sag bloß Evando?«

»Bingo.«

»Wegen eurer Leiche?«

»Ja. Als ob wir in Husum keine Rechtsmediziner hätten.«

»Hmm, ich erinnere mich an einen Fall, wo *du* ihn unbedingt dabei haben wolltest«, kichert Alex.

»Ja, der war aber auch kompliziert. Während dieser hier . . . das Opfer wurde mit einem Messer erstochen, das hat sogar der Emmermann richtig erkannt.«

»Wenn das so ist, kann dein Chef wirklich nur aus reiner Boshaftigkeit gehandelt haben«, macht Alex sich lustig.

»Sag ich doch.«

»Aber wenn du jetzt sowieso auf Wolke Sieben schwebst, könnte es dir doch eigentlich egal sein.«

»Ist es mir aber nicht. Es kribbelt auf meiner Haut, wenn er mich ansieht. Das macht mich unruhig«, beschwert sich Sophie.

»Oho . . . wie blöd aber auch«, lästert Alex und lacht aus vollem Herzen. Dann beginnt sie ihrerseits, höchst private Details aus ihrem Liebesleben zu erzählen.

20 Jahre zuvor

14

Wattfeste sind laut und nervig. Wie eigentlich alle Events, wo die Tölpel in der Überzahl sind. Gute Noten im Abschlusszeugnis? Fehlanzeige. Guter Job mit Karrieremöglichkeiten? Essig. Solide Lebensplanung? Disziplin? Ökonomisches Verständnis? Gesundheitsförderndes Verhalten? Alles entbehrlich.

Was hier zählt, ist, wie viele Biere man kippen kann, und ob man ein paar Blüten eingesteckt hat, die man heimlich zu 'nem Joint drehen kann.

Ich bin bloß wegen Melli hier. Es wäre ja auch voll belämmert, ihre Bitte, sie hierherzubegleiten, auszuschlagen. Vielleicht ist heute endlich der lang ersehnte Tag, an dem es mir gelingt, aus der langjährigen, tiefen Freundschaft, die uns verbindet, auszubrechen und die romantischen Gefühle, die ganz sicher in ihr schlummern, zu entfachen. Meine Hoffnung wird durch den Ekel genährt, den ich in ihrem Gesicht erkennen kann, wann immer ein unterbelichteter Vieltrinker ihren Weg kreuzt.

Ihr blondes Haar, das sie üblicherweise mit geflochtenen Zöpfen bändigt, trägt sie heute offen. Es weht im Wind und so muss sie sich immer wieder die ein oder andere Strähne aus dem Gesicht streichen. Die Anmut, mit der sie das tut, berührt mich zutiefst.

Ich frage sie, was ich ihr zu trinken bringen darf und freue mich, dass sie etwas Alkoholfreies wählt.

Ja, Melli ist die Eine.

Sie ist das Mädchen, das das Schicksal für mich bestimmt hat. Sie ist nicht bloß eine Augenweide, sondern auch klug und mit Herzenswärme gesegnet.

Die Musik ist zu laut. Aufdringlich und intensiv, in einer Art, dass kein Gespräch in Gang kommen mag, weil man einander jedes Wort ins Ohr schreien muss.

Also stehen wir einfach stumm in der Menge. Ich habe ohnehin bloß Augen für das Mädchen an meiner Seite, und sie wendet ihre Blicke nicht von der Bühne ab.

Der Affenarsch spielt dort mit seiner Band. Er ist Leadsänger und Gitarrist, und obwohl er im Gymnasium gescheitert ist, mangelt es ihm an nichts. Das liegt daran, dass seinem Vater die Segelschule gehört. Ständig kauft und verkauft er Segelboote oder vermietet sie an Touristen. Diesbezüglich scheint das Talent vom Vater auf den Sohn übergegangen zu sein, denn den Segelschein hat der Junior im ersten Anlauf geschafft – aber dafür muss man auch weder ein Sprachtalent sein noch Interesse für höhere Mathematik aufbringen.

Als meine Ohren zu sausen beginnen, versuche ich, Melli aus der lauten Party-Atmosphäre herauszulösen. Doch sie ist wie festgeklebt, inmitten der johlenden Menge, während ihre Augen unablässig die meiner Meinung nach unterdurchschnittliche Performance auf der Bühne verfolgen. Nachdem sie meinen Vorschlag, lieber einen gemeinsamen Strandspaziergang zu unternehmen, abgelehnt hat, bleibt mir nichts anderes übrig, als weiterhin neben ihr stehenzubleiben und jede einzelne ihrer grazilen Bewegungen zu beobachten.

Endlich macht die Musik eine Pause. Voll Freude beginne ich ein Gespräch über ihr Lieblingsbuch, doch sie wendet sich mir nicht zu. Immer noch haften ihre Blicke auf der Bühne, wo der

Affenarsch gerade seine Gitarre verstaut.

»Melli . . . ?« Ich stupse sie liebevoll.

»Entschuldige mich«, flüstert sie und ihre Augen haben plötzlich einen ganz besonderen Glanz.

Ich sehe ihr zu, wie sie Richtung Bühne eilt, und bevor mir klar ist, worauf das hinausläuft, springt der Affenarsch herunter, schließt sie in seine Arme und küsst sie mit einer Leidenschaft, die einer Naturgewalt gleichkommt.

Die Erkenntnis durchfährt mich wie ein Blitz, und in diesem Augenblick verwandelt sich mein Körper zu Stein. Unbeweglich und gefühllos gleichermaßen stehe ich da und sehe zu, wie der sonnengebräunte, langhaarige Primat mein Mädchen verschlingt.

*Es gibt nichts Praktischeres
als eine gute Theorie*

Immanuel Kant

DIENSTAG

15

Der Geruch von frischem Kaffee zieht sich bereits durch den Großraum, als Sophie ihn früh morgens betritt.

Sie inhaliert diesen Duft, als wäre er ein Lebenselixier und winkt ihrer Kollegin, die bereits geschäftig in der Personalküche hantiert.

»Moin. Gibts schon was Neues?«

»Nö«, erwidert Svenja noch ein wenig müde. »Bloß Jasper hat angerufen, um mich daran zu erinnern, dass Billi heute Vormittag ihren Ultraschalltermin hat, bei dem er unbedingt dabei sein möchte. Er kommt dann später.«

»Stimmt. Das hat er gestern schon erwähnt. Ist das jene langersehnte Untersuchung, bei der man das Geschlecht erkennen kann?«

»Ganz genau.« Svenja grinst. »Und er hofft dringend auf männliche Verstärkung.«

»Das ist mir auch aufgefallen. Würde ihm auch guttun, schließlich ist er den beiden Frauen in seinem Leben jetzt schon heillos unterlegen. Wenn noch die dritte Generation Weiblichkeit dazukommt, ist er geliefert.«

»Da hast du vermutlich recht«, kichert Svenja und schenkt die Kaffeetassen voll. »Ich habe übrigens mein Kleid für die Hochzeit dabei. Kannst du mal gucken?«

Sophie nickt und schlürft genüsslich ihren Kaffee, während Svenja in ein kurzes, freizügig dekolletiertes Cocktailkleid schlüpft.

»Wow!« Sophie pfeift durch die Zähne. »Passt doch perfekt!«

»Nicht zu kurz?«

»Nee, im Juli okay. Ich freu mich auch schon darauf, endlich mal wieder ein sommerliches Kleid zu tragen. Gibt es eigentlich von der SpuSi schon neue Infos?«, wird Sophie wieder dienstlich.

»Noch nicht. Bis jetzt kam noch keine E-Mail und auch kein Anruf.«

»Ein paradiesischer Zustand, wenn bloß dieser dringliche Fall nicht wäre.« Sophie greift zum Handy. »Ich frag mal nach, wie es bei der Untersuchung von Vanessa Gries' Haus vorangeht.«

»Gut, dass du anrufst«, meldet sich Jochen Rambert. »Wir sind hier soeben auf einen versperrten Schuppen gestoßen. Nachdem es aber keine Hinweise gibt, dass dort ebenfalls eingebrochen wurde, denke ich, dass wir von diesem Gebäudeteil ohnehin keine Spuren sichern müssen.«

»Ein Schuppen?«

»Ja, an der Rückseite des Hauses.«

»Sonst noch etwas Interessantes?«

»Nee, nichts.«

»Danke.«

Sophie legt auf und tippt Vanessas Nummer ein.

»Ja?«

»Hier ist Oberkommissarin Meerkatz. Geht es Ihnen besser?«

»Ja, geht so«, kommt es recht lethargisch retour. »Muss ja irgendwie.«

»Frau Gries, Sie haben einen Schuppen hinter dem Haus, auf den haben wir gestern nicht geachtet. Ist dort auch etwas weggekommen?«

»Keine Ahnung, aber ich kann ja mal nachschauen. Ich bin zwar jetzt bei meiner Mutter in Sönnebüll, aber das ist nicht weit weg.«

»Okay. Geben Sie mir bitte Bescheid, wenn etwas fehlt. Ist Ihnen sonst noch etwas eingefallen?«

»Nee, gar nichts.«

»Schade.«

Sophie legt wieder auf. Im selben Moment kommt der Hauptkommissar durch die Glastür.

»Moin zusammen. Mhm, Kaffee.« Er schnuppert, doch als er Svenja erblickt, sackt seine Kinnlade ab und seine Augen treten aus den Höhlen. »Äh . . .«

»Das ist für die Trauung«, beeilt sich jene ihr Outfit zu erklären. »Ich wollte es bloß mal anprobieren. Gefällt's dir?«

»Äh . . . ja . . . klar . . .« Verlegen kratzt er sich hinter dem Ohr, doch dann beginnt er zu grinsen. »Fast schade, dass ich so selten heirate.«

Sophie will auch etwas erwidern, wird aber von dem Möwengeschrei aus ihrer Handtasche abgehalten, das einen dienstlichen Anruf ankündigt.

»Meerkatz.«

»Moin Sophie.«

»Ach, Evando.«

»Das klang auch schon mal begeisterter.«

»Mag sein. Rufst du an, um darüber zu reden?«

»Hm . . . nein, ich rufe wegen eures Toten an. Ich konnte die Todeszeit mit ein Uhr nachts berechnen. Plus/minus 'ne halbe Stunde.«

»Fein.«

»Was den Täter betrifft, würde ich auf einen Mann tippen, der kräftig und Rechtshänder ist. Dieser Stich ist mit sehr hoher Energie geführt worden, da war vermutlich 'ne starke Emotion im Spiel.«

»Nun, Liebe wars nicht«, meint Sophie lakonisch.

»Ähem, ja, Liebe wars wohl nicht.«

»Gut, dass wir das nun geklärt haben. Schick uns bitte den Bericht, sowie du ihn fertig hast.«

»Dem hast du's aber gegeben«, meint Svenja, kaum, dass ihre Kollegin aufgelegt hat.

»Ja, Meerkatz, sogar ich habe Mitleid mit dem Griechen bekommen«, gibt auch Thomsen seinen Senf dazu. »Wir Männer haben nämlich auch Gefühle.«

Die elektronischen Möwen kreischen erneut und so erspart es sich Sophie, darauf zu antworten.

»Meerkatz.«

»Hier ist Vanessa Gries. Ich bin jetzt im Schuppen.«

»Und?«

»Es fehlt nichts.«

»Danke«, erwidert Sophie ohne jede Überraschung. Schließlich war er ja auch nicht aufgebrochen worden.

»Aber jetzt ist mir doch noch etwas eingefallen«, setzt Vanessa ihren Bericht fort. »Hier steht ein Spind, der Sander gehört.«

»Was ist da drin?«

»Das weiß ich nicht, er hat es mir nicht gesagt, und der Spind ist verriegelt – mit so 'nem Vorhängeschloss. Ich hab null Tau, wo der Schlüssel dazu ist.«

»Kein Problem, wir werden ihn aufbrechen. Wenn

Sie uns Ihr Einverständnis geben, können wir das sofort tun.«

»Ja. Klar. Ich will doch mithelfen, dass Sie den Scheißkerl kriegen, der meinen Schatz umgebracht hat.«

16

»Wir sollten uns aufteilen«, schlägt Thomsen vor, nachdem Svenja sich wieder umgezogen hat.

»Du übernimmst die Pressekonferenz und wir den Rest?«, fragt Sophie ein wenig spitz.

»Ja, das wär mir das Liebste«, lacht ihr Chef gut gelaunt. »Aber unser Dienststellenleiter hat die Schnauze voll von Presseterminen, bei denen wir nicht glänzen können. Ohne vorzeigbares Ergebnis halten wir bloß noch dann welche ab, wenn wir die Mithilfe der Bevölkerung brauchen.«

»Oh, das heißt . . .?«

»Das heißt, ich nehme mir den verhassten Bruder des Mordopfers persönlich vor. Meerkatz, du und Svenja, ihr redet noch mal mit der Freundin des Opfers, dieser Gries. Die braucht offensichtlich viel Zeit, um sich an die wichtigen Dinge zu erinnern. Vielleicht wacht noch eine weitere ihrer Synapsen auf und schafft es, ein Signal zu übertragen, das zur Lösung dieses Falls beiträgt. Und bleibt mit Jochen von der SpuSi in Kontakt.«

Sophie nickt zufrieden, die Aufteilung kommt ihr sehr gelegen.

»Und Jasper . . .«, setzt Thomsen fort und sieht sich irritiert um. »Wo ist er denn überhaupt?«

»Ultraschalltermin«, erwidert Svenja und formt mit ihren Händen einen großen imaginären Bauch.

»Ach, hat er das gestern erwähnt?«

»Drei Mal, Chef.«

»Dann muss ich ihm sagen, dass er künftig lauter sprechen soll. Ich muss schließlich wissen, wo meine Mitarbeiter sich aufhalten«, kommentiert Thomsen mit ernster Miene. Dann beugt er sich zu Svenja hinüber und sein Tonfall wird vertraulicher. »Das war 'n toller Tipp mit der Karaoke-Nummer.«

»Welche Karaoke Nummer?«

»Der Song für Maike. Ihr Lieblingslied, das ich nicht nur für sie singen werde, sondern auch ganz speziell für sie auf Deutsch umdichte«, erklärt er voll Stolz.

»Endless Love?«

»Ja genau. Die erste Zeile hab ich schon. Statt *my love* sing ich *Schatzi*.«

»Meinst du, das passt?« Svenja zieht skeptisch ihre Augenbrauen hoch.

»Aber ja. Beides hat exakt zwei Silben. Ich hab die Ella angerufen und sie hat mir versprochen, dass ich heute Abend an ihrer Karaoke-Anlage proben darf.«

»Die Ella hat eine Karaoke-Anlage?«, fragt Sophie verblüfft. Dass Jaspers Mutter immer gern in den Ausbau ihres Campingplatzes investiert, ist bekannt, aber von dieser Neuerung zur Belustigung der Gäste hört sie das erste Mal.

»Erst seit 'ner Woche«, erwidert Svenja. »Sie und Billi singen für das Baby.«

»Ist nicht wahr?« Sophies Augen werden groß und rund.

»Doch. Sie sagen, das ist gut fürs Kind und macht Spaß.«

»Und Jasper?«, fragt Sophie kopfschüttelnd.

»Billi sagt, er guckt währenddessen in seinem Zimmer Fußball.«

»Na, heute nicht«, meint Thomsen bestimmt, »denn ich kann für das Umtexten jede Hilfe brauchen. Wollt ihr nicht auch kommen?«

»Äh . . .«, stottert Sophie, weil ihr auf die Schnelle keine Ausrede einfallen will.

»Würden wir sehr gern«, erwidert Svenja deutlich souveräner. »Aber wir haben Sophie und Taako heute Abend bei uns zum Essen eingeladen, damit der kleine Nils mal 'nen richtigen Bauernhof sieht.«

»Stimmt«, springt Sophie erleichtert auf diesen Zug auf. »Du und der Jasper, ihr kriegt das schon hin. Die Nummer ist nicht besonders lang, und der Anfang ist dir ja schon gelungen. Außerdem helfen Ella und Billi sicher gern.«

»Na schön«, brummt Thomsen. »Aber jetzt noch mal zu diesem Fall: Ihr richtet dem Jasper aus, dass er alles, was wir noch nicht über den Toten wissen, herausfinden soll. Nicht nur Vorstrafen, auch Ex-Frauen, Kinder, Kontostand, et cetera, et cetera. Ich nehme mir nun seinen Bruder zur Brust, denn ich schwöre, ich werde diesen Mörder noch vor meiner Trauung finden.«

17

»Danke für die Rettung vorhin«, bedankt sich Sophie aus vollem Herzen, als sie ins Auto steigen, um neuerlich zum Haus des Opfers nach Bredtstedt zu fahren.

»Kein Ding«, antwortet Svenja grinsend. »Wir sind Partner. Wir haben geschworen, uns gegenseitig zu beschützen. Es war also das Mindeste, das ich für dich tun konnte – und die Ohren des Babys sind hoffentlich noch nicht entwickelt.«

»Ist es so schlimm?«, lacht Sophie, wird aber kurz darauf wieder ernst. »Ich bin schon gespannt, was uns in diesem Schuppen erwartet – konkret, was Sander Olsen in seinem Spind hinter einem Vorhängeschloss versteckt hatte!«

Sie treffen den Leiter des Spurensicherungsteams, Jochen Rambert, direkt im Schuppen an.

»Ihr kommt gerade rechtzeitig. Der Schlosser hat das Schloss soeben geknackt.«

Ohne weiters Zuwarten streift er sich Handschuhe über und zieht die Tür des Spinds auf.

Sophie guckt gespannt hinein.

»Oh . . .« kommentiert sie enttäuscht, als lediglich ein altes Holzpaddel darin zum Vorschein kommt.

Svenja nimmt es gelassen.

»Man kann nicht immer Glück haben.«

Jochen Rambert hebt es vorsichtig heraus und dreht es im Licht. Schließlich sieht er Sophie fragend an.

»Was machen wir damit?«

»Wir bringen es zur KTU. Irgendeine Bedeutung muss es schließlich haben, sonst hätte Sander Olsen es nicht so gut gesichert.«

»Ja, vielleicht.« Rambert leuchtet das Paddel nun mit seiner Taschenlampe ab. »Da sind dunkle Flecken am breiten Ende.«

»Ah . . . das sieht doch schon sehr verheißungsvoll aus«, wittert Sophie ihre erste Spur.

»Denkst du an Blut?«, fragt Svenja.

»Nun, so, wie diese Flecken aussehen, würde ich es nicht ausschließen«, antwortet Rambert an Sophies Stelle und wickelt das sperrige Beweisstück in Plastikfolie ein. »Wir werden sehen, was die Kollegen herausfinden.«

Vanessa Gries wartet auf der Gartenbank vor ihrem Haus, ein weißes Damenfahrrad lehnt daneben.

»Ich kann mir in meiner eigenen Küche nicht mal 'nen Tee kochen«, beschwert sie sich und macht eine Bewegung in Richtung der Personen, die dort in weißen Overalls Spuren sichern.

»Das geht vorüber«, erwidert Sophie. »Wir können unser Gespräch jetzt gerne bei Ihrer Mutter fortsetzen oder bei uns auf der Polizeiinspektion.«

»Nee, dann schon lieber bei meiner Mama, ich muss ihr sowieso das Rad zurückbringen. Was war denn nun in dem Spind?«

»Ein Paddel.«

»Ein Paddel?«

»Ja. Haben Sie eine Ahnung, welche Bedeutung es für Ihren Lebensgefährten hatte?«

»Nee. Gar keine Ahnung.« Vanessa zieht ein Gesicht, als ob Sophie sie gebeten hätte, ihr zu erklären, wie man eine Wurzel aus einer Bruchzahl zieht.

»Hatte er vielleicht ein Boot?«, versucht Sophie der Sache auf den Grund zu gehen.

»Nee. Nicht, dass ich wüsste. Und wenn, dann war er nicht der Typ fürs Rudern. Hätte Sander sich ein Boot gekauft, wäre es ein Motorboot gewesen.«

Vanessa, die mit dem Rad ein wenig früher aufgebrochen ist, kommt gleichzeitig mit den Ermittlerinnen bei ihrer Mutter in Sönnebüll an.

Die Begrüßung fällt herzlich aus.

»Das ist aber nett, dass Sie sich so einsetzen!«, bedankt sich Gertrud Gries überschwänglich. »Haben Sie denn schon einen Verdacht?«

»Nee, Mama. Bloß 'n Paddel«, erwidert ihre Tochter lapidar.

»Was?« Die Verwirrung steht ihrer Mutter ins Gesicht geschrieben.

Sophie klärt sie nun über den Fund im Spind auf und auch darüber, dass möglicherweise Blut daran haftet.

»Haben Sie irgendeine Idee, in welchem Zusammenhang dieses Paddel mit dem Mord oder dem Einbruch stehen könnte?«

»Nee, leider. Nicht die geringste. Aber vielleicht hat Sander es in dem Brief erklärt, den du lesen sollst, wenn er nicht mehr heimkommt«, wendet sich Frau Gries an ihre Tochter.

»Mensch Mama, das Kuvert hat der Einbrecher doch geklaut!«

»Ach ja, richtig.« Die Mutter seufzt. »Ich werde eben auch schon alt. Total mysteriös, das Ganze.«

»Hm«, macht Vanessa und starrt stumpf vor sich hin.

Ihre Mutter streicht ihr liebevoll über den Kopf.

»Ich mach uns allen mal 'nen Tee.«

»Das ist sehr nett von Ihnen«, freut sich Svenja und begleitet sie in die Küche.

Sophie bleibt bei Vanessa im Wohnzimmer und betrachtet sie kritisch von der Seite. Die junge Partnerin des Opfers hat ihr bislang nur sehr spärliche Informationen geliefert, die für die Ermittlungen hilfreich waren. Das kann unmöglich alles gewesen sein.

»Ist Ihnen noch etwas eingefallen, das uns weiterhelfen könnte?«

»Nee.« Vanessa kratzt mit ausdruckslosem Blick den abgesplitterten Lack von ihren Fingernägeln.

»Bitte, denken Sie nach. Ihr Lebensgefährte hat als Unternehmensberater gearbeitet. Da muss er doch Kontakte gehabt haben. Kunden oder Kollegen vielleicht?«

»Logisch hatte er Kunden, aber Kollegen sicher nicht. Er war selbstständig tätig.«

»Und kennen Sie welche von seinen Kunden? Gab es da vielleicht böses Blut?«

»Keine Ahnung. Er hat nicht über seine Kunden gesprochen.«

»Aber er war öfter bis spät in der Nacht unterwegs?«

»Ja, er sagte, das wäre wichtig. Mit Kunden abzuhängen, würde die Geschäftsbeziehung stärken.«
»Wie oft kam das vor?«
Sie zuckt die Schultern. »Zwei, dreimal die Woche.«
»Und trotzdem kennen Sie keinen einzigen Kunden persönlich?«, hakt Sophie noch mal nach.
Doch Vanessa schüttelt bloß den Kopf.
»Jemand hat sich nach Mitternacht mit ihrem Lebensgefährten getroffen. In einem Strandkorb! Wer könnte das gewesen sein?«
»Ehrlich keine Ahnung. Mir fällt niemand ein.«
»Wie war das mit der Familie Bonner?«
»Wer?«
»Katja Bonner. Die Frau, die von Ihrem Lebensgefährten angefahren wurde. Klingelt da nichts?«
»Ach so . . . die . . . über die weiß ich nichts. Ich war ja nicht dabei.«
»Es gab also keinen Kontakt? Auch nicht mit Herrn Bonner?«
»Nee. Soweit ich weiß, nicht. Ist das nicht schon ewig her?«
»Zwei Jahre.«
»Hm . . .« Vanessa guckt ausdruckslos aus dem Fenster.
»Und wie lief es finanziell?«, wechselt Sophie nun das Thema.
»Ganz okay. Nach größeren Aufträgen sind wir oft in Urlaub gefahren. Letzten Monat waren wir an der Cote d'Azur.«
Gertrud Gries kommt mit einem Tablett voller Teetassen aus der Küche zurück. Svenja folgt ihr mit der Kanne und der Zuckerschale. Ihre Augen funkeln

und ihr Lächeln hat etwas Triumphales.

»Wir haben uns in der Küche gerade über eine gewisse Anna Behrens unterhalten«, erklärt sie und wartet gespannt auf eine Reaktion.

»Ach die . . .« Vanessa schiebt prompt die Unterlippe vor.

»Wer ist das?«, fragt Sophie.

»Seine Ex.«

»Seine Ex-Lebensgefährtin?«, hakt Sophie nach.

Doch die junge Frau mit den platinblonden Haaren zieht es vor, nicht zu antworten.

»Seine Ex-Frau«, hilft ihre Mutter aus.

»Ah . . .« Sophie lächelt nun wie eine Tigerin, die ihre Tatze bereits auf dem Schwanz der Beute liegen hat.

»Dann erzählen Sie uns doch mal alles, was Sie über diese Frau Behrens wissen.«

18

Das Haus von Uwe Olsen ist deutlich größer als die umliegenden. Aus den gleichen roten Backsteinen gebaut, fällt es außerdem durch größere Sprossenfenster und einen gepflegteren Vorgarten auf. Insgesamt vermittelt es den Eindruck, dass es seinem Besitzer an nichts mangelt.

Eben jener öffnet Thomsen auf sein Klingeln hin die Tür.

»Ja?«

»Herr Uwe Olsen?«

»Höchstpersönlich. Sie kommen von der Kripo?«

»Sieht man mir das an?« Thomsen kneift ein Auge zu und mustert den sportlich wirkenden Hausherrn mit den runden Brillen und der angegrauten Stoppelfrisur kritisch.

»Ja, aber nehmen Sie es nicht persönlich. Ich weiß, dass mein Bruder tot aufgefunden wurde, also habe ich mit Polizeibesuch gerechnet. Kommen Sie herein.«

Er gibt die Tür frei und macht eine einladende Handbewegung.

»Danke.« Thomsen tritt ein und sieht sich um. Das Haus gefällt ihm auch von innen. Die Räume sind großzügig angelegt und der Wintergarten, mit Blick auf die Terrasse, ist eine Wucht. Zweifellos ist Uwe Olsen der wohlhabendere der beiden Brüder.

»Der Tod Ihres Bruders scheint Sie nicht allzu sehr zu erschüttern«, stellt Thomsen fest, während er in einem bequemen Rattanstuhl im Wintergarten Platz nimmt.

Olsen setzt sich ihm gegenüber.

»Tut es auch nicht. Im Zusammenhang mit Sander hat mich vieles erschüttert, aber sein Tod gehört nicht dazu.«

»Das müssen Sie mir erklären«, verlangt Thomsen.

»Sagen Sie bloß, Sie wissen nicht über ihn Bescheid?«, erwidert Olsen. »Hat die Kripo ihre Hausaufgaben nicht gemacht?«

Nachdem der Kommissar in keiner Weise reagiert, spricht er weiter.

»Na schön. Er war ein Spieler. Ein Süchtiger. Sander war süchtig auf alles Mögliche. Solange es um einen Einsatz ging. Aber hauptsächlich Karten. Poker. Das war sein Ding.«

»Poker?«

»Ja, das war seine große Leidenschaft.«

»Hat er das professionell gemacht?«

»Leider nein. Er war mehr der Typ für illegale Schmuddeltische. Da hat er sein ganzes Geld hingetragen.«

»Und auch mal was gewonnen?«

»Aber ja. Sicher kam das hin und wieder vor. Dann war er der King, hat sich erinnert, dass er 'ne Freundin und 'n kleines Kind hat und ist mit den beiden in Urlaub geflogen. Dort hat er dann das ganze Geld zum Fenster rausgeschmissen. Dass man monatlich was braucht, um Rechnungen zu bezahlen oder den Einkaufswagen vollzukriegen, ging bei dem nicht in den Kopp.«

»Waren Sie deshalb mit ihm zerstritten?«

»Nicht nur. Es ging auch um unser Elternhaus. Die Mutter lebt ja schon lange nicht mehr, aber unser Vater ist erst vor zwei Jahren gestorben. Seitdem hörte er nicht auf, mich zu bedrängen, dass wir verkaufen.«

»Und Sie wollen nicht?«

»Natürlich nicht. Das ist das Zuhause unserer Kindheit. Es macht mir Freude, es zu renovieren und es vielleicht für . . .«

»Was?«, hakt Thomsen nach.

»Ach, nichts.«

»Haben Sie Kinder?«

»Nein. Leider. Hat bei meiner Frau und mir nicht geklappt. Mittlerweile ist sie schwer krank. Seit 'ner Woche ist sie wieder auf Reha.«

»Was hat sie denn?«

»MS.«

»Ach, Scheiße«, kommentiert Thomsen. Multiple Sklerose kennt er aus seinem eigenen Umfeld. Es ist eine tückische Krankheit, die den Betroffenen viel Leid beschert.

»Das heißt aber auch, dass Sie für die Mordnacht kein Alibi haben, oder?«

»Stimmt es, dass er nach Mitternacht erstochen wurde?«, reagiert Olsen mit einer Gegenfrage.

»Woher wissen Sie das?«

»Hab ich vermutlich in der Zeitung gelesen.«

»Kann nicht sein.«

»Dann hab ich es mir eben bloß eingebildet. Das kann doch mal passieren. Auch wenn wir schon lange

Zeit verkracht waren, aufgewühlt war ich nach seinem Tod natürlich trotzdem.«

Thomsen mustert sein Gegenüber nun äußerst aufmerksam. Er sieht es dem sportlichen Mittvierziger an, wie unwohl er sich plötzlich fühlt. Mit verschränkten Armen und überkreuzten Beinen rutscht er nervös auf seinem Stuhl hin und her.

Thomsen fackelt nicht lange.

»In diesem Fall muss ich Sie bitten, auf die Polizeiinspektion mitzukommen. Wir müssen Ihre Aussage dort ausführlich protokollieren.« *Abgesehen davon werden wir auch Ihre Fingerabdrücke und eine DNA-Probe nehmen,* denkt er sich hinzu, was sich in einem zufriedenen Lächeln äußert.

19

»Ach, nee . . .«, stöhnt Svenja und bremst den Wagen ab.

Sophie, die am Beifahrersitz ihren Gedanken nachhing, sieht irritiert auf. Eine Schafherde blockiert die einspurige Straße. Einige blöken aufgeregt, aber die meisten ignorieren das in die Jahre gekommene Dienstfahrzeug der Husumer Kripo.

»Das ist mir schon mal passiert«, erinnert sie sich. »Das kann dauern.«

»Ja. Husum ist nun mal Schafhauptstadt. Bei uns gibts die meisten.«

»Ist mir schon aufgefallen.« Sophie grinst belustigt und bringt ihre Kollegin zum Lachen.

Svenja blickt in den Rückspiegel und stellt erleichtert fest, dass die Straße leer ist.

»Wir drehen um. Ich kenne eine Umfahrung, da verlieren wir nur wenige Minuten.«

»Prima Idee.« Sophie lehnt sich wieder entspannt zurück.

»Was hältst du eigentlich von dieser Vanessa?«, will Svenja wissen, nachdem sie das Fahrzeug gewendet und wieder Fahrt aufgenommen hat.

»Ich überlege noch. Ich glaube ihr so einiges, aber nicht alles. Dass sie überhaupt keinen von seinen Kunden kennen will, erscheint mir ziemlich unrealistisch. Immerhin sind die beiden seit vier Jahren zusammen.«

»Da hast du recht. Ich kenne etliche Kunden von meinem Freund persönlich«, stimmt Svenja zu.

»Dein Okko ist Biobauer, da kommen die Kunden direkt auf den Hof. So ein Ab-Hof-Verkauf lässt sich vermutlich nicht mit einer Unternehmensberatung vergleichen«, gibt Sophie zu bedenken.

»Teilweise schon«, widerspricht Svenja. »Okko ist in puncto Nachhaltigkeit ein Pionier. Er hat Agrarwissenschaften studiert und hält auch Vorträge und Webinare, um andere zu unterstützen, die ebenfalls auf gesunde Tierhaltung oder Bio-Obst und Gemüse umsteigen wollen. Das ist auch 'ne Art Beratung. Und obwohl wir noch nicht mal ein Jahr zusammenleben, kenne ich schon einige seiner Nacheiferer. Von Telefonaten und Besuchen.«

»Hm. Klingt nachvollziehbar. So würde ich mir das bei einem Unternehmensberater auch vorstellen. Da gibt es doch sicher auch halb-private Kontakte, wie Essenseinladungen und Ähnliches. Und dennoch behauptet Vanessa Gries, niemanden zu kennen«, wundert sich Sophie. »Ganz allgemein hatte ich das Gefühl, dass sie sehr ungern über Berufliches und Finanzielles gesprochen hat. Trotzdem war das Haus vor dem Überfall in keinem schlechten Zustand. Die Möbel dort waren nicht billig. Der Esstisch allein geht sich mit meinem Gehalt vermutlich nicht aus.«

»Vielleicht ist Jasper mittlerweile an die Kontounterlagen des Opfers gekommen? Dann wissen

wir nicht nur, wie viel Sander Olsen verdient hat, sondern auch, wer seine Kunden waren«, hofft Svenja.
»Ist dir Vanessas Gesichtsausdruck aufgefallen, als ich die Ex-Frau erwähnt habe?«
»Natürlich.«
»Sie scheint kein großer Fan ihrer Vorgängerin zu sein. Oder es stört sie die simple Tatsache, dass er mit jener verheiratet war und mit ihr nicht.«
»So oder so werden wir dieser Ex-Frau so rasch wie möglich einen Besuch abstatten«, beschließt Sophie.

* * *

Im Büro erwartet sie Jasper mit frischem Kaffee. Seine Wangen sind vor Aufregung gerötet.
»Stellt euch vor, mein Kind wird ein Junge!«
Er strahlt eine solche Glückseligkeit aus, dass nicht nur Svenja, sondern auch Sophie ihn auf der Stelle umarmen muss.
»Glückwunsch! Herzliche Gratulation!«, schallt es durcheinander.
»Danke, danke, danke! Ihr könnt euch gar nicht vorstellen, wie glücklich ich bin. Ein Junge! Ein richtiger kleiner Junge! Wisst ihr, was das bedeutet?«
»Fußballschuhe und kaputte Fensterscheiben?«, rät Svenja, die mit drei Brüdern aufgewachsen ist.
»Ja, genau.« Er strahlt über das ganze Gesicht. »Fußball statt Puppen! Aber eigentlich hab ich gemeint, dass wir darauf trinken müssen.«

»Klar müssen wir das«, lacht Svenja, die sich daran erinnert, wie sehr sich ihr Kollege vor der Puppensammlung seiner früheren Freundin gegruselt hat.

Jasper schenkt die Sektflöten voll.

»Jetzt schon? Ich meine, sollten wir nicht bis zum Dienstschluss warten?«, gibt Sophie zu bedenken.

»Nee, jetzt! Mann, ich krieg 'n Jungen! Also wenn das kein Grund ist ... und außerdem habe ich echt viel herausgefunden: Diese Katja Bonner – ihr wisst schon, die Frau, die Sander Olsen angefahren hat – ist verstorben.«

»Nein«, erwidern Sophie und Svenja gleichzeitig und prosten dem werdenden Vater zu.

»Auf deinen Jungen!«

»Auf den Mini-Hinrichs!«

»Ja, auf meinen Sohn!« Nach dem Anstoßen wird Jasper wieder dienstlich. »Das ist arg, nicht wahr? Ich bin nach dem Ultraschalltermin zur Adresse der Bonners gefahren, um mit ihr zu sprechen, aber es hat niemand aufgemacht. Der Nachbar hat mir dann erzählt, dass sie vor zwei Wochen verstorben ist. Ihr Mann Olaf musste sie letzten Mittwoch beerdigen.«

»Das ist tragisch und gleichzeitig ein Eins-a-Mordmotiv«, meint Sophie und klopft ihrem Kollegen anerkennend auf die Schulter. »Dieser Olaf kommt ganz oben auf unsere Liste.«

»Und dann ist es mir auch noch gelungen, an die Kontoauszüge unseres Opfers zu kommen.«

»Das ging dieses Mal aber schnell!«

»Ja, nicht wahr«, erwidert er stolz. »Und sie sind unglaublich spannend.«

»Echt?« Svenja zieht ihre Augenbrauen hoch. »Das

sind meine nie.«

»Schaut mal hier, er hat einen Schuldenberg von dreihunderttausend Euro angehäuft.« Jasper wedelt mit mehreren zusammengetackerten Ausdrucken.

»Und die Einnahmen?«

»Gibt es quasi nicht. Er hat alles selbst eingezahlt.«

»Wie – selbst eingezahlt?«, will Sophie wissen.

»Nun, es gibt keine Überweisungen von irgendwelchen Arbeitgebern, Auftraggebern oder Kunden. Nur Bareinzahlungen, die er selbst vorgenommen hat. Sehr unregelmäßig. Aber wenn, dann große Summen«, erklärt Jasper.

»Das ist ja seltsam«, murmelt Sophie und geht irritiert die Zahlen durch. »Das bedeutet dann wohl, dass er sämtliche Vergütungen in bar bekommen hat.«

»Wenn man es Vergütungen nennen will«, trumpft Thomsen auf, der unbemerkt den Großraum betreten hat.

»Wie würdest du es denn nennen?«

»Gewinne aus illegalen Pokerspielen!«

»Oha!« Sophie sieht ihren Chef anerkennend an. »Hast du das dem Bruder entlockt?«

»Wer kann, der kann.« Thomsen setzt ein breites Lächeln auf. Er muss seinen Leuten ja nicht auf die Nase binden, dass der ältere Bruder des Opfers ganz von allein damit rausgerückt ist.

* * *

»Mann, Sie behandeln mich hier wie den ärgsten Verbrecher«, beschwert sich Uwe Olsen, als er dem Hauptkommissar in dem fensterlosen Vernehmungsraum gegenübersitzt.

»Davon kann keine Rede sein«, weist Thomsen die Vorwürfe zurück. »Sie haben freiwillig eingewilligt, dass wir Ihre Fingerabdrücke nehmen dürfen.«

»Freiwillig . . . ja, nachdem Sie mir erklärt haben, dass ich erst danach wieder heimgehen kann. Was ich im übrigen nun wirklich gerne tun möchte!«

»Das verstehe ich, und ich fasse mich kurz«, erwidert Thomsen höflich. »Aber Sie müssen verstehen, dass wir interne Richtlinien haben, wie wir mit Zeugen und Verdächtigen umzugehen haben. Und Sie hatten ein Motiv und die Gelegenheit – was Ihnen jedoch fehlt, ist ein Alibi!«

»Ich wars aber nicht.«

»Das hören wir ständig. Erzählen Sie mir von der Nacht, in der Ihr Bruder gestorben ist. Ich möchte jedes Detail wissen.«

»Da gibts keine Details. Ich habe abends noch ferngesehen und bin dann eingeschlafen.«

»Welchen Film?«

»Keine Ahnung. Erst lief ein Krimi, und was danach kam, hab ich verschlafen. Kann ich jetzt gehen, oder nehmen Sie völlig ohne Beweise einen Unschuldigen fest?«

»Na gut, Sie können gehen«, knurrt Thomsen, der sich maßlos darüber ärgert, dass er tatsächlich keinen einzigen Beweis vorlegen kann.

Kaum ist er allein, hellt sich seine Miene wieder auf. Nun kommt der Teil des Tages, auf den er sich schon seit dem Morgen freut. Seine musikalische Darbietung für Maike wird Form annehmen. Er holt sein Handy aus der Tasche und tippt eine kurze Nachricht für seine Verlobte.

>Das Verhör dauert an, deshalb wird es bei mir heute leider spät. Liebe dich, dein Bärchen.<

***

Ella Hinrichs Karaoke-Anlage ist ein Hit. Vor allem das Mikrofon hat es Thomsen angetan. Wenn er es lässig, aber doch souverän in der Hand hält und es mit gekonntem Schwung an die Lippen führt, fühlt er sich wie ein Star.
»Schatziiiiii . . .«, schnurrt er gefühlvoll hinein.
Ella zeigt ihm die Daumen-Hoch-Geste.
»Das hört sich super an«, lobt sie.
»Danke dir, bloß mit dem Text komm ich nicht voran.«
»Wie viel hast du denn schon?«
»Bloß *Schatzi*.«
»Okay, das ist wirklich nicht viel. Ich hol mal die Billi. Die arbeitet ohnehin schon viel zu lange auf diesem staubigen Dachboden. In ihrem Zustand sollte ich ihr das eigentlich verbieten. Billiiiiiii!«, schreit Ella aus Leibeskräften die Treppe hoch. »Komm runter, ich hab dir 'ne alkoholfreie Piña Colada gemixt!«
Als Antwort hört man das Holz der Treppe knacken und ächzen und kurz darauf kommt Jaspers Freundin

mit durchgestrecktem Rücken und vorgewölbtem Bauch ins Zimmer gewatschelt.

»Mann, diese Plackerei schafft mich echt«, stöhnt sie.

»Könnt ihr den Dachboden nicht professionell entrümpeln lassen?«, schlägt Thomsen vor, erntet jedoch bloß Unverständnis.

»Wie stellst du dir das vor? Ich muss doch jedes Bild und jedes Buch selbst ansehen, sonst weiß ich doch nicht, ob wir es behalten wollen. Und Vasen, Teller und Schüsseln gibt es auch eine Menge.«

»Aha«, macht Thomsen und betrachtet sie interessiert. Obwohl ihr die Haare in verschwitzten Strähnen ins Gesicht hängen, leuchten ihre Augen in unbändiger Vorfreude. So voller Elan wie Billi war er selbst auch bei seiner ersten Familiengründung. Jung, naiv und voller Tatendrang. Damals wusste er noch nicht, wie leicht man zwischen Job und Familie zerrieben wird und wie schmerzhaft eine Trennung sein kann. »Wie gehts dir denn mit der Schwangerschaft?«

»Super.« Das Leuchten in ihren Augen verwandelt sich augenblicklich in ein Strahlen. »Wir bekommen 'nen kleinen Stammhalter.«

»Hab ich schon gehört. Der stolze Vater hat mich vorhin angerufen. Besonders freut mich natürlich, dass ihr ihn nach mir benennen wollt.«

»Was?« Billi und Ella schnappen gleichermaßen nach Luft.

»Ja, hat mir der Jasper alles schon erzählt. Am Telefon.« Zur Verdeutlichung zeigt Thomsen auf sein Handy. »Immerhin bin ich ja sein großes Vorbild.«

Er greift zum Bier, das Ella ihm hingestellt hat und hebt es zum Zuprosten in die Höhe.

»Auf den kleinen Rüdiger!«

»Äh . . .« Billi sieht entgeistert zu ihrer Schwiegermama in spe. Doch auch der sonst um keine Antwort verlegenen Ella fällt dazu nichts ein.

»Pruhaha«, lacht Thomsen plötzlich los. »Jetzt hab ich euch aber drangekriegt. Ihr müsstet mal sehen, wie ihr beide dreinguckt. Wie die Karnickel, wenn plötzlich der Fuchs vor ihnen steht!«

»Mensch, Rüde.« Ella knufft ihn, muss dann aber doch kichern. »So 'n kleiner Rüdiger würde mir gerade noch fehlen . . .«

Auch Billi lacht nun erleichtert und prostet dem Hauptkommissar mit ihrer alkoholfreien Piña Colada zu.

»Der Rüde probt sein Liebeslied für die Hochzeit«, erklärt Ella. »Aber er braucht noch ein bisschen Hilfe beim Text. Dir fällt da sicher etwas ein.«

Billi schlürft ihren Drink lautstark durch den Strohhalm. »Aber gern, lass mal hören, was du schon hast.«

»Okay.«

Thomsen schaltet die Karaoke-Anlage ein, klickt den Song am Display an und schnappt sich das Mikro. Voller Enthusiasmus legt er los.

»Schatziiii . . .«

»Und weiter?«, fragt Billi.

»Mehr ist mir noch nicht eingefallen.«

»Ui . . .« Sie verzieht mitleidig das Gesicht. »Na, mach dir kein Kopp. Das kriegen wir schon hin.«

20

»Niels schläft jetzt . . .« Taako umarmt sie von hinten und küsst sie leidenschaftlich in den Nacken. »Du siehst heute so sexy aus, ich konnte es kaum erwarten, dass wir endlich unter uns sind.«

»Geht mir genauso.« Sophie lässt von der Geschirrspülmaschine ab, die sie gerade einräumen wollte, und dreht sich zu ihm um.

»Schon beim Abendessen hast du mich völlig verrückt gemacht, in diesem Kleid, dessen Ausschnitt eigentlich verboten gehört.«

»Ach ja?« Sie steckt ihre frech vorspringenden Locken hinter die Ohren und blinzelt ihn mit ihren nougatbraunen Augen verführerisch an.

»Ja, und nicht mal Winnie Puuh konnte daran etwas ändern, egal, wie dämlich er sich mit dem Honigtopf angestellt hat«, lacht Taako.

»Schon wieder das Puuh-Buch?«

»Ja, ich frage mich, warum er es noch nicht auswendig kann. Aber jetzt geht es um uns, ich bin schon so gierig auf dich . . . Mann, du riechst so gut.«

Temperamentvoll hebt er sie hoch und trägt sie ins Schlafzimmer, wo sie sich gemeinsam auf das Bett fallen lassen.

»Psst«, macht Sophie. »Wir wollen den kleinen Racker nicht gleich wieder aufwecken.«

»Du hast recht – und jetzt zieh endlich dieses Kleid aus!«

Doch kaum ist sie nackt, hört sie, wie die Türklinke heruntergedrückt wird. Mit einem schnellen Griff zieht sie die Decke über ihren entblößten Körper. Da ertönt auch schon das müde, zarte Kinderstimmchen.

»Papa?«

Taako fährt herum.

»Mann, Nils, was machst du hier? Du sollst doch schlafen.«

»Aber Papa . . .«

»Was denn?«

»Da ist eine Spinne in meinem Zimmer.«

»Das war knapp«, stöhnt Taako, als er wiederkommt. »Wenn der Kleine zwei Minuten später gekommen wäre, hätte er uns in flagranti erwischt.«

»Yep. So gesehen hatten wir richtig Glück«, meint Sophie ein wenig ironisch.

»Voll.« Er grinst und beginnt von Neuem, sie zu küssen. »Scheiß drauf, wir fordern es noch mal heraus.«

Sophie nickt.

»Aber unter der Decke.«

20 Jahre zuvor

21

Wie soll man sich mit etwas abfinden, mit dem man sich nicht abfinden kann?

Wenn mich jemand nicht grüßt, kann ich das hinnehmen, ebenso wenn mich jemand beschimpft, missachtet oder hinters Licht führt. Ich denke, dass ich vieles ertragen kann, und auch schon immer getan habe. Mein Leben lang habe ich mich in Gleichmut geübt und dabei gelernt, Demütigungen aller Art auszuhalten.

Doch die Sache mit Melli ist anders.

Sie ist nicht einfach ein Mädchen, sie ist die Zukunft. Meine Zukunft. Mein Leben. Meine Familie. Die Mutter meiner ungeborenen Kinder, die nie das Licht der Welt erblicken werden, wenn der Affenarsch sie in seine Höhle verschleppt.

Doch das Geld ist mit ihm. Er hat es im Überfluss. Für Sonne, Spaß und Drinks ohne Ende. Als Draufgabe würgt er seine Gitarre zum infantilen Minnesang. Die Mädchen fühlen sich angezogen. Scharenweise. Ein paar Akkorde, ein tiefer Blick, ein breites, unwiderstehliches Lächeln. So geht das. Nicht zu vergessen, die Einladung auf eines von Papas luxuriösen Segelbooten.

Er hat mir Melli praktisch unter den Händen weggestohlen. Sie, die immer zu mir hielt in all den Jahren, die unsere

Freundschaft immer über alles stellte, erwartet nun von mir – ihrem besten Freund – dass ich mich mit ihr freue.

Wie soll das gehen?

Das Einzige, worauf ich mich freue, ist, sie zu trösten, wenn er sie wieder fallen lässt. Ihre Tränen zu trocknen und ihr die feuchten Haarsträhnen aus dem Gesicht zu streichen. Sie zu halten, wenn sich inbrünstige Schluchzer ihrer Brust entringen. Dabei zart über ihre warme, weiche Haut zu streichen, während sie sich in ihrem Kummer an mich schmiegt.

Darauf freue ich mich.

Der Gedanke daran gibt mir Kraft.

Es wird geschehen.

Ganz bestimmt.

*Der Frosch im Teich
weiß wenig vom großen Ozean*

Zen Sprichwort

MITTWOCH

22

Das Navi führt Sophie frühmorgens zu einem Vorgarten, dessen Hecke wild vor sich hin wuchert und in dessen Mitte sich Kisten und Möbel stapeln.

Mittendrin steht eine schlanke Frau um die vierzig, die ihr Haar mit einem bunten Band zu einem dichten Zopf geflochten trägt. Mit resoluter Stimme dirigiert sie die Möbelpacker.

»Vorsichtig, ganz vorsichtig, das ist ein Familienerbstück.«

Sie bemerkt Sophie erst, als diese vor ihr steht.

»Huch. Jetzt hab ich mich aber erschreckt. Kommen Sie vom Maklerbüro?«

»Nein, von der Kripo. Oberkommissarin Meerkatz.«

»Oh. Das ist dann aber eine Überraschung. Worum geht es denn?«

»Sind Sie Anna Behrens?«

Die Angesprochene nickt überrascht. »Ja, höchstpersönlich.«

»Wollen wir uns vielleicht irgendwo hinsetzen?« Sophie lässt ihren Blick über die herumstehenden Möbelstücke schweifen.

»Wenn Sie meinen Rat wollen – übersiedeln Sie

nie!«, erklärt Anna und lacht. Von einem Moment auf den anderen wird sie jedoch wieder ernst. »Oh mein Gott, geht es um Tessa? Hat sie etwas angestellt? Nee, oder?«

Sophie schüttelt den Kopf.

»Ich weiß zwar nicht, wer Tessa ist und auch nicht, ob sie etwas angestellt hat, aber ich bin wegen Ihres Ex-Mannes hier. Sander Olsen. Er wurde in der Nacht von Samstag auf Sonntag ermordet.«

»Nein! Das hätte ich doch mitbekommen. Ist das wirklich wahr?«

»Ja, mit so etwas scherzen wir nicht.«

»Unglaublich.« Anna sinkt auf eine kleine Kommode, die in der Wiese steht. »Damit hätte ich jetzt nicht gerechnet.«

Einer der Möbelpacker steht plötzlich vor ihr.

»Der Lkw ist jetzt voll.«

»Gut.« Sie reicht ihm einen Schlüssel. »Stellen Sie die Sachen im neuen Haus auf, wie Sie es für richtig halten. Couch ins Wohnzimmer, Bett ins Schlafzimmer und so weiter. Wir können sie hinterher noch verrücken. Ich muss jetzt nämlich dringend mit der Frau Kommissarin sprechen.«

»Alles klar. Wir kommen dann wieder für die nächste Fuhre.«

Anna Behrens nickt und lädt Sophie mit einer Handbewegung ein, ins Innere des Hauses mitzukommen.

»Welch ein Glück, dass die Kaffeemaschine noch hier ist. Trinken Sie einen mit?«

»Gern.«

Anna kippt sich einen Schluck Rum in ihren Kaffee.

»Den brauch ich jetzt. Sie müssen wissen, Sander war meine erste große Liebe. Oder vielmehr die Idealvorstellung, die ich von ihm hatte. Na ja, Sie wissen sicher, wie das ist, wenn man jung ist.«

Sophie nickt, sagt aber nichts.

»Wie auch immer«, setzt Anna fort, »nichts hält ewig. Als meine Tochter auf der Welt war, hab ich noch eine Weile um ihn gekämpft, aber ich hab mir an dem Kerl die Zähne ausgebissen. Sander war kein Mann, auf den man sich verlassen konnte. Heute hier – morgen da. Hat immer viel versprochen und wenig gehalten. Ein Spieler eben.«

»Sie wussten von Anfang an, dass er spielt?«

»Nein, nicht von Anfang an, aber lange hab ich nicht gebraucht, um draufzukommen. Zuerst hat es mich nicht so gestört, aber als Tessa dann da war, schon. So ein Kind braucht jeden Tag Nahrung und Windeln, und nicht bloß dann, wenn man 'ne Glückssträhne hat.«

»Das sehe ich genauso.« Sophie nippt an ihrem Kaffee. »Wie alt ist Ihre Tochter jetzt?«

»Siebzehn.«

»Und wie ist die Beziehung zu ihrem Vater?«

»Nicht so toll. Tessa mag es nicht, enttäuscht zu werden.«

»Wer mag das schon?«

»Eben. Und sie ist ja bei mir auch Stabilität gewöhnt. Sie kriegt zwar nicht alles, was sie sich gerade in den Kopf setzt, aber was ich ihr verspreche, das halte ich auch.«

Nun hat Anna wieder den resoluten Blick von vorhin und Sophie zweifelt keine Sekunde, dass sie auch meint, was sie sagt.

»Sander hat ihr zu Weihnachten einen Kenia-Urlaub

mit Safari versprochen und schon zwei Mal wieder abgesagt. Klar sagt sie dann, ein drittes Mal braucht er es ihr nicht mehr zu versprechen. Gleiches mit dem iPad. Versprochen und nicht gehalten. Bis heute hat sie es nicht. Dafür hat sie auf Facebook die Fotos von der Cote d'Azur gesehen, wo er mit seiner neuen Familie Urlaub gemacht hat. Ist doch logisch, dass sie sich kränkt.«

»Wie sieht es mit Unterhalt aus, hat er den pünktlich bezahlt?«

»Auch nicht. Immer wieder mal und dann wieder nicht. Zum Glück kann ich das mit meinem eigenen Job abfedern.«

»Wo ziehen Sie denn eigentlich hin?«

»In mein Elternhaus. Mein Vater ist letztes Jahr verstorben und meine Mutti ist unglücklich allein. Also haben wir renoviert und leben ab morgen zusammen. Drei Generationen von Frauen unter einem Dach. Bin mal gespannt, ob das gutgeht.« Sie lacht und entblößt gepflegte, ebenmäßige Zähne.

»Hatten Sie mit Sander noch Kontakt?«

»So gut wie gar nicht mehr. Tessa macht sich die Treffen mit ihrem Vater schon seit Jahren selbst aus, deshalb hat er mich nur noch angerufen, wenn er sie länger nicht erreicht hat. Gesehen habe ich ihn bloß ab und zu, wenn er sie heimgebracht oder abgeholt hat.«

»Wo ist Ihre Tochter jetzt? In der Schule?«

»Ja, sie geht ins Gymnasium.«

Der Stolz, der in Annas Stimme mitschwingt, wenn sie über ihre Tochter spricht, ist nicht zu überhören.

»Kennen Sie jemanden, der Ihren Ex-Mann so sehr gehasst hat, dass er seinen Tod wollte?«

»Eigentlich nicht. Ich weiß, dass er mit seinem

Bruder zerstritten war, aber ich kann mir beim besten Willen nicht vorstellen, dass Uwe . . . ich meine, Uwe würde nie . . .«

»Würden Sie wirklich für ihn die Hand ins Feuer halten?«

»Äh . . . nun ja, ich weiß nicht, ich meine . . .«, stottert Anna nun verlegen.

Sophie nickt. »Dachte ich mir. Nehmen Sie mir die nächste Frage nicht übel, ich muss Sie das nun mal fragen: Was haben Sie in der Nacht von Samstag auf Sonntag gemacht?«

»Geschlafen, wie jede andere Nacht auch.«

»Kann Tessa das bezeugen?«

»Ha, Sie sind witzig. Tessa ist siebzehn. Welches siebzehnjährige Mädchen schläft sonnabends zu Hause? Sie hat bei ihrer Freundin übernachtet. Bin ich jetzt verdächtig?« Anna schenkt großzügig Kaffee nach und zwinkert ein wenig schelmisch mit den Augen.

»Sie sind nicht gerade meine erste Wahl«, schmunzelt Sophie. »Aber ausschließen kann ich Sie natürlich nicht.«

»Also ehrlich, ich war schon oft zornig auf Sander, vor allem, wenn sich Tessa seinetwegen gekränkt hat, aber ich bin grundsätzlich kein gewalttätiger Mensch«, versichert Anna nun glaubwürdig.

»Kennen Sie eigentlich die neue Lebensgefährtin Ihres Ex-Mannes?«, wechselt Sophie das Thema.

»Vanessa? Klar. So neu ist die nicht. Die beiden sind jetzt schon vier Jahre zusammen. Er hatte sie und die Kleine immer im Schlepptau dabei, wenn er eine von Tessas Schulveranstaltungen besucht hat.«

»Sie meinen Affi?«, hakt Sophie nach und gibt sich Mühe, das verräterische Zucken ihrer Mundwinkel zu unterdrücken.

»Ja.« Anna zieht eine Grimasse. »Die Kleine ist echt goldig, aber mit dem Namen haben sie ihr keinen Gefallen getan.«

»Eine Sache wäre da noch«, kommt Sophie nun auf jenen Punkt zu sprechen, der ihr besonders am Herzen liegt. »Vanessa Gries hat uns erzählt, Sander hätte ihr ein verschlossenes Kuvert hinterlassen, das sie öffnen sollte, falls ihm etwas zustößt. Haben Sie eine Ahnung, worum es sich dabei handeln könnte?«

Anna runzelt die Stirn.

»Warum fragen Sie nicht Vanessa? Jetzt ist ihm ja etwas zugestoßen.«

»Sie hatte dieses Kuvert vergessen, und als es ihr wieder einfiel, war es zu spät. Jemand ist in ihr Haus eingebrochen und hat es gestohlen.«

»Ach du meine Güte . . .« Anna, die gerade ihre Kaffeetasse zum Mund führen wollte, verharrt mitten in der Bewegung. »Dieses Kuvert, jetzt, wo Sie es erwähnen . . . Sander hat mir auch mal eines gegeben. Damals, vor einer halben Ewigkeit, als wir noch zusammen waren. Stimmt, er sagte, falls ihm mal etwas zustößt, sollte ich es öffnen. Das hatte ich völlig vergessen.«

»Ehrlich?« Sophie spürt, wie sie vom Jagdfieber gepackt wird. »Haben Sie es noch?«

»Keine Ahnung. Ich hab seit sehr vielen Jahren nicht mehr dran gedacht. Es kann auch sein, dass er es bei seinem Auszug mitgenommen und an Vanessa weitergegeben hat.«

»Wo war es denn?«

»In meinem Nachtkästchen.«

»Könnten Sie nachsehen?«

»Klar.« Anna steht auf und geht Richtung Schlafzimmer, bleibt jedoch an der offenen Tür stehen. »Ach nee, die Möbel sind ja schon alle raus. Das Bett ist gerade mit dem Lkw unterwegs.«

»Und die Nachtkästchen?«

»Auch. Tessa und ich haben gestern alle Schubladen und Fächer ausgeräumt und durchsortiert. Wir haben wirklich viel weggeworfen.«

»War das Kuvert dabei?«

»Ich weiß es nicht. Ich habe so viele Unterlagen sortiert, ich kann mich beim besten Willen nicht erinnern.«

Mist, flucht Sophie innerlich, das ist aber auch wirklich zu ärgerlich. Nach außen hin gibt sie sich Mühe, sich ihren Frust nicht anmerken zu lassen.

»Wir haben in Vanessas Schuppen außerdem einen verschlossenen Spind gefunden, der ihrem Ex-Mann gehörte. Hatte er den schon, als er noch mit Ihnen zusammen war?«

»So ein schmaler Holzschrank mit 'nem Vorhängeschloss dran?«

»Ja.«

»Doch ja, den hatte er. Das Ding stand bei uns im Keller. Er wollte mir partout nicht sagen, was drin war. Wir haben mehrmals gestritten deswegen. Ich sagte ihm, wenn da Drogen drin sind oder Waffen, muss er ihn fortschaffen. Ich will mir nichts zuschulden kommen lassen, immerhin bin ich für ein Kind verantwortlich. Er hat mir geschworen, dass nichts Verbotenes oder Gefährliches drin ist, aber was es war, habe ich nie erfahren. Als er auszog, nahm er das Ding mit.«

»Wir haben den Spind gestern aufgebrochen.«

»Und was war drin?« Die Neugier in Annas Augen ist nicht zu übersehen.

»Ein Paddel.«

»Ein Paddel? Wozu hatte er ein Paddel? Und wozu hatte er es eingeschlossen?«

»Das wollte ich von Ihnen wissen.«

»Nee, da bin ich völlig blank. Ein Paddel passt nicht mal zu Sander. Er war mehr von der unsportlichen Sorte.«

»Wir lassen es gerade untersuchen. Es wäre möglich, dass sich Blut an der breiten Seite befindet. Könnte er jemanden damit geschlagen haben?«

»Keine Ahnung. Ich höre zum ersten Mal davon. Aber auch das passt nicht zu dem Sander, den ich kannte. Er war nie gewalttätig. Unzuverlässig, ja. Verlogen auch. Aber er hat nie auch nur 'ner Fliege was zuleide getan. Können Sie herausfinden, wessen Blut das ist?«

»Ich hoffe.« Sophie trinkt ihren Kaffee aus und zieht ihre Visitenkarte aus der Tasche. »Bitte rufen Sie mich an, falls Ihnen noch irgendetwas einfällt. Und bitte sehen Sie so rasch wie möglich nach, ob Sie dieses Kuvert noch haben.«

»Ja, natürlich. Ich werde es suchen.« Anna legt den Kopf schief und streicht sich eine Strähne, die sich aus ihrem Zopf gelöst hat, aus dem Gesicht. »Schon komisch, wie das Leben manchmal so spielt. Wären Sie gestern gekommen, hätte ich mit einem Blick in die Lade sagen können, ob es noch da ist.«

23

Als Sophie wieder in die Polizeiinspektion zurückkehrt, ist es beinahe Mittag. Schuld daran trägt nicht nur die ausführliche Befragung der Ex-Frau des Opfers, sondern auch ihr kleiner Umweg zu einem nahegelegenen Baumarkt. Der Einkauf dort nahm deutlich mehr Zeit in Anspruch, als sie gedacht hatte. Erst fand sie keinen Angestellten, den sie fragen konnte, und als sie im letzten Gang endlich einen entdeckte, zog sich das Gespräch über ein Einbauschloss für eine Zimmertür in die Länge, da der Verkäufer ihr vier verschiedene Modelle vorlegte.

Um nicht noch weitere Minuten an Lebenszeit in Gang Sieben zu verschwenden, griff sie schließlich ohne Überzeugung zu einem Produkt im mittleren Preissegment.

Schon beim Betreten des Großraums vernimmt sie eine Diskussion, die sich um das leibliche Wohl ihrer Kollegen dreht.

»Schon wieder Fischbrötchen?«, mault Svenja.

»Wenn mir die nun mal so gut schmecken«, erwidert Jasper und versucht sie mit einer Art treuherzigem Dackelblick umzustimmen.

»Krabbenbrötchen mit viel Remu«, steigt Sophie in die Unterhaltung mit ein und zückt ihre Geldbörse. »Ist der Rüde nicht hier?«

»In seinem Büro.« Svenja deutet auf die geschlossene Tür. »Geh da besser nicht rein.«

»Warum?«

»Dicke Luft.«

»Sehr dicke Luft«, ergänzt Jasper, während er Sophies Geld entgegennimmt. »Der Rüde hat sich mit dem Staatsanwalt gefetzt – in einer Lautstärke, dass man es auf dem Parkplatz noch hören konnte.«

»Worüber denn?«

»Er will einen Durchsuchungsbeschluss für das Haus von Uwe Olsen und Einsicht in dessen Kontounterlagen. Das ist sein neuer Hauptverdächtiger. In den hat er sich verbissen wie ein Piranha mit Kiefersperre. Aber der Staatsanwalt verweigert die Unterstützung. Nicht genug Verdachtsmomente für einen so schwerwiegenden Eingriff in die Privatsphäre.«

»Und jetzt?«

»Nichts«, bedauert Jasper. »Der Staatsanwalt hat sich durchgesetzt. Wir dürfen weder Uwes Haus durchsuchen, noch seine Bankunterlagen einsehen.«

»Das ist aber ein Rückschlag.«

»Und was für einer! Als Ausgleich brauche ich jetzt dringend was in den Magen. Was ist nun, Svenja, doch 'n Fischbrötchen?«

Seine Kollegin verdreht die Augen, gibt sich aber geschlagen und zählt die Münzen ab.

Währenddessen steuert Sophie die Kaffeemaschine an, um sich den bescheidenen Rest, der noch in der Kanne ist, in ihren Pott zu kippen. Damit setzt sie sich dann auf den Besucherstuhl von Svenjas Schreibtisch und fasst das Ergebnis ihres Gesprächs mit Anna Behrens zusammen.

»Bei der hatte er auch so ein Kuvert hinterlegt?«, fragt Jasper, der bereits mit einem Bein in der Tür steht, ungläubig.

»Wolltest du nicht Futter besorgen?«, wirft Svenja ihm an den Kopf.

»Doch nicht, wenn's gerade spannend ist.«

»Ja, es ist wie verhext«, resümiert Sophie. »Zwei Kuverts, in denen er eine Erklärung hinterlassen hat – für den Fall, dass ihm etwas zustößt – aber wir kommen an kein Exemplar!«

»Das ist an sich schon eine komische Geschichte«, meint Svenja. »Diese Art von Erklärung . . . das klingt so, als ob er fix damit gerechnet hätte, dass ihn irgendwann jemand umbringen würde.«

»Ja«, stimmt Sophie zu. »Diesen Eindruck habe ich auch.«

Thomsens Bürotür öffnet sich und der Hauptkommissar quert wie die personifizierte schlechte Laune den Großraum.

»Mit so 'nem Schisser von Staatsanwalt kann man keinen Mord aufklären«, brummt er im Vorbeigehen. »Ich geh jetzt mal zum Petersen, vielleicht kann der etwas unternehmen.«

Sophie hebt eine Augenbraue, sagt aber nichts. Seit sie hier in Husum ihren Dienst versieht, hat der Dienststellenleiter in keinem einzigen Fall einen Staatsanwalt umdrehen können.

»Ich denke sowieso, dass der Bonner etwas damit zu tun hat. Der hat nämlich ein super Motiv«, meint Jasper, nachdem die Glastür hinter seinem Chef ins Schloss gefallen ist. »Immerhin ist der Sander daran schuld gewesen, dass er seine Frau verloren hat.«

»Stimmt«, springt Sophie ihrem Kollegen bei, »da ist was dran.«

»Eben. Deshalb werde ich nach dem Mittagessen einen neuerlichen Anlauf starten«, erklärt Jasper motiviert.

24

So ein Krabbenbrötchen ist doch immer wieder ein Highlight, denkt Sophie, als ihr Kollege mit der Essensbestellung zurückkehrt. Schon der Geruch lässt ihr das Wasser im Mund zusammenlaufen. Rasch schiebt sie ihre Handtasche zur Seite, um für die kleine Köstlichkeit Platz zu machen.

Leider ein Stückchen zu weit, denn die Tasche bekommt nun Übergewicht und rutscht über die Tischkante. Mit einem lauten *Rums* schlägt sie auf dem Boden auf.

»Hast du da 'nen Backstein reingepackt?« Svenja kommt neugierig näher.

»Bloß ein Türschloss.«

»Wozu denn? Hast du vor, dich hier in deinem Büro einzusperren?«

»Nee, hier nicht.« Sophie packt die Tasche eilig auf den Tisch zurück.

»Für Taakos Schlafzimmer?« Svenja kichert nun.

Sophie legt den Finger an die Lippen.

»Nils hätte uns gestern beinahe erwischt«, flüstert sie dann.

»Was tuschelt ihr da?«, will Thomsen wissen, der

soeben von seiner Stippvisite beim Dienststellenleiter zurückkehrt. Mit einer Laune, die nach wie vor nur als unterirdisch bezeichnet werden kann.

»Bloß über Hochzeitsgeschenke, Chef«, erwidert Svenja gewitzt.

Während er auf sein Büro zusteuert, beginnt sein Handy zu läuten.

»Thomsen«, knurrt er hinein. Doch schon kurz darauf hellt sich seine Miene auf. »Ist nicht wahr! Das sind ja tolle Neuigkeiten! Jetzt haben wir den Kerl bei den Eiern!«

Sophie zieht fragend die Augenbrauen hoch, Svenja hingegen hakt in aller Deutlichkeit nach.

»Sprichst du über den Staatsanwalt?«

»Nein, na ja, indirekt vielleicht schon«, lacht Thomsen sich ins Fäustchen. »Das war Frerichs von der KTU. Ratet mal, wessen Fingerabdrücke in Vanessas verwüstetem Haus gefunden wurden! Die von Uwe Olsen!«, gibt er gleich selbst die Antwort. »Jetzt geben wir Gas, Leute! Jasper, du organisierst die Hausdurchsuchung. Svenja, du kümmerst dich um die sofortige Verhaftung und du, Meerkatz, überlegst dir schon mal 'ne Strategie, wie wir am leichtesten an ein Geständnis kommen. Hopp hopp, meine Lieben, kommt in die Gänge, wir haben den Täter genau vor unserer Nase!«

»Ich möchte trotzdem noch den Olaf Bonner vernehmen...«, beginnt Jasper.

»Zeitverschwendung.«

»Nee, ist es nicht. Einseitige Ermittlungen nutzen dem Angeklagten vor Gericht«, beharrt Jasper.

»Stimmt, sein Anwalt könnte dann behaupten, wir hätten uns von Anfang an auf den Olsen-Bruder eingeschossen«, gibt Sophie ihrem Kollegen Schützenhilfe.

»Darum sollst du dir ja eine Strategie überlegen, die ihn dazu bringt, ein umfassendes Geständnis abzulegen«, fordert Thomsen nochmals.

»Das mach ich ohnehin. Aber bis es so weit ist, ist der Bonner schon auch irgendwie verdächtig . . .«, bleibt sie hartnäckig.

»Meinetwegen befragt ihn morgen, aber hier und heute nehmen wir erst mal unseren Hauptverdächtigen fest und machen ihm kräftig Feuer unterm Arsch. Und zwar so lange, bis er auspackt.«

25

Die Empörung ist Uwe Olsen anzusehen. Sie drückt sich in seiner Haltung, seiner Mimik und seiner Art zu sprechen aus. Er spart auch nicht mit Kraftausdrücken, um seinen Unmut über die seiner Ansicht nach völlig überzogene Verhaftung Luft zu machen.

Thomsen nimmt es gelassen. Wie ein zufriedener Löwe am Sonnenfelsen lauert er entspannt auf der anderen Seite des Tisches, wohl wissend, dass seiner Beute der Fluchtweg versperrt bleibt.

»So wird also mein sauer verdientes Steuergeld verschwendet!«, schimpft Olsen zum wiederholten Male. »Damit inkompetente Beamte unschuldige Bürger traktieren können. Aber ich verspreche Ihnen, Herr Kommissar, das wird ein Nachspiel haben, mein Anwalt ist bereits verständigt.«

Nachdem alles, was Thomsen bisher gesagt hat, den Verdächtigen bloß noch mehr in Rage gebracht hat, versucht nun Sophie mit deeskalierenden Worten eine Gesprächsbasis herzustellen.

»Herr Olsen, wir sind leider dazu verpflichtet, Sie festzunehmen, weil Sie uns wichtige Tatsachen in einem Mordfall verschwiegen haben.«

»Ach ja? Und die wären?«

»Ihre Fingerabdrücke. Sie gaben an, mit Ihrem Bruder seit Jahren keinen privaten Kontakt mehr gehabt zu haben und doch haben wir in seinem Haus, in das noch dazu eingebrochen wurde, an etlichen Stellen Ihre Fingerabdrücke gefunden.«

»Das beweist doch gar nichts. Die sind vielleicht schon viele Jahre alt und wir sind ja erst seit zwei Jahren so richtig verkracht.«

»Damit kommen Sie nicht durch«, erwidert Sophie. »Wir haben auch Fingerabdrücke gefunden, die bloß wenige Tage alt sind.«

Olsen schüttelt abwehrend den Kopf.

»Das wollen Sie mir unterstellen. Es gibt doch gar kein Verfahren, um festzustellen, wie alt Fingerabdrücke sind.«

»Doch, das gibt es«, widerspricht Sophie. »Aber wir müssen nicht die Wissenschaft bemühen, wenn Ihre Fingerabdrücke auf Produkten im Müll haften. Konkret haben wir sie auf zwei Bierdosen und einer Prosecco-Flasche gefunden. Außerdem auf der Kaffeemaschine und auf der Milchpackung. Wie sollen wir uns das erklären?«

Olsen zieht nun seine Beine ein und verschränkt die Arme.

»Das ist ja lächerlich«, grummelt er.

»Nein, ist es nicht«, widerspricht Thomsen gleichmütig. »Jedes Gericht der Welt sieht bei so einer Beweislage Ihre Anwesenheit vor Ort innerhalb der letzten drei Tage als erwiesen an.«

»Aber...«, beginnt Olsen erneut.

»Da gibt es kein *Aber*«, fällt Sophie ihm ins Wort. »Sie waren da. Ohne *Wenn und Aber*. Und das bedeutet,

Sie haben uns angelogen, und zwar in einer laufenden Mordermittlung. Das können wir nicht ignorieren. Wir müssen annehmen, dass Sie Ihren Bruder getötet haben und anschließend in sein Haus eingebrochen sind, um Beweismittel zu vernichten.«

»Das ist doch Quatsch! Frau Kommissarin, ich schwöre Ihnen, Sie sind völlig auf dem falschen Dampfer!«

»Dann stellen Sie die Situation richtig. Immerhin haben Sie jetzt die Gelegenheit dazu. Falls nicht, sieht es finster für Sie aus. Denn ein Alibi ist bei Ihnen weit und breit nicht in Sicht.«

»Mein Anwalt wird . . .«

»Anwalt hin oder her«, unterbricht Sophie neuerlich, »der kann unsere Beweise auch nicht wegzaubern. Der wird Ihnen raten, die Karten auf den Tisch zu legen, um aus Ihrer Situation noch das Beste herauszuholen.«

»Das hätten Sie wohl gern, nicht wahr?«, braust Olsen auf. »Mann, das ist so typisch Polizei. Erst den Falschen verhaften und dann noch möglichst wenig Arbeit haben wollen.«

»Herr Olsen, wenn Sie partout nicht kooperieren wollen, dann können Sie sich hier schon mal häuslich einrichten, denn dann werden wir Sie mit Sicherheit für die nächsten achtundvierzig Stunden hier behalten. Dagegen kann auch Ihr Anwalt nichts machen.«

Sophie steht auf und wendet sich zur Tür. Thomsen erhebt sich ebenfalls und folgt ihr mit einem breiten Lächeln.

»Hören Sie, ich kann ja beweisen, dass ich es nicht war, ich will bloß nicht«, ruft Olsen ihnen hinterher. »Aus privaten Gründen. Wenn Sie mir jedoch zusichern würden, dass dieses Gespräch vertraulich bleibt . . .«

Sophie schnauft hörbar. »Das ist kein Gespräch. Das ist eine Vernehmung in einem Mordprozess. Die ist nicht vertraulich, weil eine Abschrift in den Akt kommt, damit alle sie lesen können. Egal, ob Ermittlungsbeamten, Anwälte, Richter . . .«

»Okay okay, schon verstanden. Darum gehts mir gar nicht«, lenkt Olsen nun ein. »Mir wär schon geholfen, wenn Sie es meiner Frau nicht sagen.«

»Das müssen Sie mir jetzt erklären.« Sophie setzt sich wieder hin und sieht den miesepetrigen Verdächtigen mit der John-Lennon-Brille und der Stoppelfrisur auffordernd an.

»Hm, na schön, das ist jetzt auch schon egal. Also Vanessa und ich . . .«

Nein, denkt Sophie. Der Klassiker. Der Bruder mit der Freundin des Opfers. Da hätte sie auch schon früher drauf kommen können.

Auch Thomsen zieht bereits aufgrund einer Ahnung die Nase kraus, während er den Mittvierziger skeptisch mustert.

»Wollen Sie uns hier 'ne romantische Geschichte auftischen?«

»Sie wollen ja unbedingt die Wahrheit wissen«, verteidigt sich Olsen.

»Wie sollen wir uns das vorstellen?«, geht Sophie nun ins Detail. »Ist das die große Liebe, die Sie vor Ihrer Frau verstecken, oder haben Sie sich aus Langeweile ab und zu die Zeit mit einer fünfzehn Jahre jüngeren Frau vertrieben?«

Olsen nimmt nun die Brille ab und rubbelt sich über die Augen. »Nee, also ich habe schon Gefühle für sie. Ja, natürlich, Vanessa ist viel jünger als meine Frau, sie ist sexy, gesund und lustig, aber auch ein liebenswerter

Mensch. Bei ihr fühle ich mich wieder jung. Und begehrenswert. Außerdem habe ich sie finanziell unterstützt. Auf meinen Bruder konnte sie sich nicht verlassen und ich wollte sichergehen, dass es ihr und der Kleinen an nichts mangelt.«

Sophie legt ihre Stirn in Falten.

»Sie denken, dass Affi Ihre Tochter ist?«

»Ich bevorzuge Aphrodite, aber ja. Es wäre möglich.«

»Haben Sie nie einen Test gemacht?«, will Thomsen wissen.

»Nein. Wozu auch? Ob sie nun biologisch gesehen meine Tochter oder meine Nichte ist, macht doch keinen Unterschied. Ich werde in ihr immer mein einziges Kind sehen – für mich ist sie diejenige, die einmal alles erben wird.«

»Wow. Das ist aber ein explosives Geheimnis, das Sie da vor Ihrer Frau haben«, kommentiert Sophie.

»Ganz genau. Darum habe ich es auch für mich behalten wollen. Kann ich jetzt gehen?«

»Hm«, brummt Thomsen. »Die Geschichte war ja gut erzählt, aber woher sollen wir wissen, ob sie auch stimmt? Und selbst wenn sie stimmt – wer sagt, dass Sie nicht mit Ihrer Geliebten gemeinsame Sache gemacht und den überflüssigen Dritten entsorgt haben?«

»Das ist doch nun wirklich Bullshit«, regt sich Olsen von Neuem wieder auf. »Und dämlich noch dazu. Hätten wir da nicht meine Frau ebenfalls aus dem Weg schaffen müssen?«

Thomsen zuckt bloß lapidar die Schultern.

»Vielleicht haben Sie gehofft, Ihre Ehe erledigt sich aufgrund der schweren Erkrankung Ihrer Gattin bald von selbst? Oder sie ist bereits das nächste Opfer auf Ihrer Liste? Oder Ihr perfider Plan hatte von Anfang an diesen Schönheitsfehler? Auf jeden Fall ist unlogisches Täterverhalten kein Unschuldsbeweis! Ich kann Ihnen versichern, die Gefängnisse sind voll von dösbaddeligen Mördern.«

»Was wollen Sie mir damit sagen?«

»Dass Sie auf jeden Fall hierbleiben, bis wir Ihre angebliche Geliebte neuerlich einvernommen und weitere Beweise erhoben haben!«, brummt Thomsen und hält gelassen dem finsteren Blick seines Gegenübers stand.

26

Seit zwei uniformierte Beamte Vanessa Gries in Sophies bescheidenes Büro begleitet haben, sitzt sie wie ein Häufchen Elend auf dem Besucherstuhl. Ihre langen, halb dunkel, halb hellblonden Haarsträhnen hängen fettig herunter, ihre Fingernägel sind abgekaut. Immer wieder schnäuzt sie sich in ein und dasselbe Taschentuch.

»Was haben Sie sich bloß gedacht?«, schimpft Sophie, nachdem sie die junge Frau eine Weile gemustert hat. »Uns in einem Mordfall belügen? Viel blöder gehts nimmer. Jetzt sind Sie verdächtig, und ein Verfahren wegen Falschaussage droht Ihnen auch.«

»Ich dachte eben nicht, dass es rauskommt.«

»So was kommt doch immer raus. Und eine Affäre ist ja nicht verboten. Sie können sich völlig straffrei darüber äußern, mit wem Sie wann in der Kiste waren.«

»Der Uwe wollte es aber nicht wegen seiner Frau«, schluchzt Vanessa beschämt.

»Schon klar. Aber wir sind keine Ethikkommission, die darüber befindet, wie Ihr Verhalten moralisch zu bewerten ist – wir sind die Kripo. Wir müssen herausfinden, was in der Nacht, als Ihr Lebensgefährte ermordet wurde, wirklich passiert ist.«

»Hm . . .« Vanessa schnäuzt sich neuerlich und bleibt ansonsten stumm.

»Und außerdem«, setzt Sophie nun fort, »warum haben Sie uns verschwiegen, dass Ihr Lebensgefährte ein Spieler war? Von wegen Unternehmensberater! Von den Schulden, die er angehäuft hat, könnte man ein Einfamilienhaus bauen!«

»Was?« Die junge Frau mit den verweinten Augen blickt Sophie fassungslos an.

»Davon wollen Sie nichts gewusst haben?«

»Nein. Ehrlich, ich hatte keine Ahnung!«

Sie sieht nun so verstört drein, dass Sophie lieber wieder zur Mordnacht zurückkehrt, bevor ihre Zeugin sich in ihrem eigenen Kopf verliert.

»Vanessa, jetzt mal ehrlich. Und von Anfang an. Was ist letzten Samstag passiert?«

»Okay. Ich werde alles erzählen, was ich weiß – genau so, wie es war. Sander ging abends weg und es war klar, dass er lang wegbleiben würde . . . so wie immer. Uwe kam ungefähr um neun, nachdem ich Affi schlafen gelegt hatte. Wir hatten einen netten Abend und gegen Mitternacht fuhr er wieder weg.«

»Wann genau?«

»Ich schätze kurz vor zwölf, weil, als die Uhr Mitternacht schlug, war ich bereits allein.«

Dann hätte Uwe Olsen die Möglichkeit gehabt, seinen jüngeren Bruder im Strandkorb zu treffen und zu erstechen, denkt Sophie. Laut sagt sie: »Versuchen Sie bitte, sich an diesen Abend genau zu erinnern. Gab es irgendein Thema, das Uwe aufgeregt oder in Rage gebracht hat?«

»Wüsste ich jetzt nicht.«

»Denken Sie nach. Irgendetwas, dass mit Sander zu tun hatte?«

»Nee, echt nicht.«

»Oder mit Ihrer Tochter?«

»Was hat Affi denn damit zu tun?«

»Nun, sie könnte ja auch Uwes Tochter sein.«

»Ach das.« Sie verzieht mitleidig die Mundwinkel. »Ja, das denkt er. Aber es stimmt nicht. Ich weiß, dass Sander ihr Papa ist.«

»Ja? Warum?«

»Eine Frau spürt so was eben.«

»Aha.« Sophie gelingt es, nach außen hin ruhig zu bleiben. Innerlich schüttelt sie jedoch den Kopf.

»Kann ich jetzt wieder gehen? Meine Mutti hat heute noch einen Arzttermin und kann nicht mehr lange auf Affi aufpassen.«

»In Ordnung«, stimmt Sophie zu. »Aber wenn ich Sie noch mal bei 'ner Lüge ertappe, kommen Sie mir nicht mehr so leicht davon.«

»Keine Sorge«, versichert Vanessa achselzuckend. »Was mich betrifft, wissen Sie jetzt alles.«

27

Ich merke, wie meine Geduld langsam schwindet. Was ich für eine bloße Liebelei hielt, dauert an. Der Herbst klopft bereits an die Tür und die beiden gebärden sich immer noch wie die Turteltauben.

Der Affenarsch gibt sich Mühe, das muss man ihm lassen. Hätte ich dem Schulabbrecher gar nicht zugetraut. Er ignoriert die Avancen der anderen Mädchen und umwirbt Melli nach allen Regeln der Kunst.

Sogar einen Song hat er für sie geschrieben. Der in simplem, geradezu stupidem Englisch verfasste Ohrwurm hat sich in meinem Kopf festgesetzt, ohne mir die Möglichkeit zu lassen, ihn daraus zu verbannen.

Das einzig Tröstliche ist, Melli so strahlend zu sehen, und doch wünschte ich inbrünstig, es wäre meinetwegen.

Unseretwegen.

Denn, dass wir beide zusammengehören, steht außer Frage. Das hat das Schicksal längst entschieden. Der eine von uns ist ohne den anderen nicht vorstellbar. Jegliches anderes Liebesgeplänkel kann bloß als Ablenkung, Irrweg oder Prüfung betrachtet werden, mit dem Ziel, unsere Beziehung zu festigen – sodass sie den soliden Grundstock für unsere Familie bilden kann.

Ich bin überzeugt davon, dass sie das im Grunde ihres Herzens genauso weiß wie ich.

Denn das wahre Glück unterscheidet sich fundamental von einer oberflächlichen Verliebtheit.

Melli wird es spüren. Sie wird zur Vernunft kommen.

Ganz bestimmt.

*Das Gefährlichste am Verrat ist,
dass er nie von deinen Feinden kommt*

DONNERSTAG

28

»*Schatzi . . . du bist die Einzige für mich . . . ich brauche bloß noch dich . . .*«, dringt es in wohlbekannter Melodie, aber mit völlig neuem Text aus Thomsens Büro.

»Ist nicht sein Ernst, oder?«, fragt Sophie ihre beiden Kollegen, als sie mit müden Augen frühmorgens den Großraum betritt und von den ungewohnten Klängen überrascht wird.

»Ich fürchte schon.« Svenja hat ihren Kopf in beide Hände gestützt und verdreht die Augen bis zur Decke.

»*Mein Herz . . . vertrau ich nur dir an . . . weil ich dir trauen kann . . .*«, dröhnt der verliebte Bass gnadenlos weiter durch den Großraum.

Sophie setzt sich kopfschüttelnd zu Svenja an den Schreibtisch, wo sie bereits ihren vollen Kaffeepott entdeckt hat.

»Lieb von dir.« Dankbar streckt sie ihre Hand danach aus. »Seine Stimme ist gar nicht mal schlecht, aber dieser Text . . .«

»Der ist großartig, nicht wahr?«, bemerkt Jasper, der gerade aus der Toilette kommt, voller Stolz. Gleichzeitig tritt ihr Svenja unter dem Tisch gegen das Schienbein.

»Findest du?« Irritiert reibt sich Sophie ihren Unterschenkel.

»Ja. Hat alles Billi getextet. Gestern Abend. Dem Rüden ist ja nichts eingefallen.«

»Verstehe.« Sophie wirft ihrer Kollegin einen dankbaren Blick zu. Ohne den Tritt wäre sie zweifellos über dieses schmalzige Reim-dich-oder-ich-fress-dich-Gesülze hergezogen.

»Weiß der Rüde, dass dieser Song eigentlich ein Duett ist?«, fragt sie stattdessen.

»Ja, aber das stört ihn nicht«, erwidert Jasper. »Er singt eben jede Strophe selbst. Die Billi meint, sie haben genug schöne Zeilen gefunden und die wichtigsten Phrasen kann er auch wiederholen.«

»Nun denn, Hauptsache, die Maike freut sich«, schließt Sophie das Thema ab und nimmt einen kräftigen Schluck Kaffee. »Ich denke schon seit dem Aufwachen über unseren Fall nach. Uwe Olsen hat meiner Meinung nach das stärkste Motiv. Er möchte die Lebensgefährtin seines Bruders samt seiner kleinen Tochter für sich haben. Die beiden sieht er als Familie und seine Frau wird nicht ewig leben . . . außerdem wissen wir nicht, ob für sie nicht längst ein Unfall oder Selbstmord geplant ist.«

»Oder ein Herzinfarkt, wenn wir den Emmermann auf die Leiche loslassen«, spöttelt Svenja.

»Richtig, hahaha.« Sophie schüttet sich aus vor Lachen, als die Tür zum Chefbüro aufgeht und der Hauptkommissar den Großraum betritt.

»Was ist los, Meerkatz, lachst du über meine Performance?«

»Welche Performance?«, antwortet sie geistesgegenwärtig. »Wenn du in deinem Zimmer mit dem

Staatsanwalt telefonierst, hören wir das nicht bis heraus.«

»Ach so.« Thomsen nestelt ein wenig verlegen an seinem grauen Schläfenansatz. »Ja klar, der Staatsanwalt . . . also, wir bekommen alles, was wir brauchen. Die SpuSi darf Uwe Olsens Haus nach der Tatwaffe durchsuchen und wir erhalten die Kontoauszüge.«

»Denkst du wirklich, Chef, dass der Olsen seinen Bruder erstochen hat?«, will Jasper nun wissen.

»Warum nicht? Er war berauscht von seiner Geliebten, er hatte die Zeit und die Gelegenheit. Er ist Rechtshänder und von kräftiger Statur. Demnach hätte er auch die Kraft, diesen Stich auszuführen. Wenn wir den 'ne Weile schmoren lassen, haben wir gute Chancen auf ein baldiges Geständnis. Außerdem«, er blickt nun Sophie vorwurfsvoll an, »habe ich unsere Oberkommissarin Meerkatz bereits beauftragt, eine Strategie zu entwickeln, die diesen Prozess beschleunigt.«

»Ich möchte trotzdem mit dem Olaf Bonner sprechen, und wenn es nur dazu dient, dass wir ihn ausschließen können«, bleibt Jasper stur.

»Damit bist du mir gestern schon in den Ohren gelegen«, knurrt Thomsen. »Haben wir nichts Dringenderes zu tun? Was ist mit dem Paddel? Und mit dem Smoking? Wissen wir da schon etwas?«

»Ist beides bei der KTU, aber wir haben noch kein Ergebnis«, erklärt Svenja lapidar.

»Ach. Wenn wir diesen Smoking dem Uwe Olsen zuordnen können, dann klebt er wie 'ne Fliege in unserem Netz. Keine Chance, dass der dann noch aus kann. Denn dann haben wir den ultimativen Beweis, dass der Kerl am Tatort war.«

Diensteifrig greift Thomsen zu seinem Handy und klickt die Nummer von Tjark Frerichs an.

»Mann Rüde, wir können nicht zaubern«, hört er bereits zu Begrüßung. »Vom Blut auf dem Paddel konnten wir bereits DNA gewinnen, allerdings müssen wir diese erst auswerten. Und was den Smoking betrifft, da sind 'ne Menge verschiedener Spuren drauf, von Katzenhaaren bis Essensreste, da wissen wir nicht einmal, womit wir beginnen sollen!«

»Mit der DNA des Trägers – das ist doch logisch! Schließlich wollen wir wissen, wem dieser Smoking gehört.«

»Dafür müssen wir Stoff herausschneiden. Zum Beispiel das Futter bei den Achselhöhlen, vielleicht auch andere Stellen.«

»Dann macht das eben, ich brauche das Ergebnis dringend! Heute ist schon Donnerstag und wie du weißt, heirate ich am Sonnabend«, echauffiert sich Thomsen und beendet das Gespräch.

Kaum hat er aufgelegt, erfüllt das elektronische Möwengekreisch den Raum.

»Oberkommissarin Meerkatz«, meldet sich Sophie, nachdem auf dem Display ihres Handys bloß eine unbekannte Nummer erscheint.

»Moin Frau Kommissarin, hier spricht Anna Behrens. Ich habe gestern den ganzen Abend damit verbracht, das Kuvert zu suchen, das Sander mir überlassen hat. Leider muss ich Ihnen mitteilen, dass ich es nicht gefunden habe.«

»Schade, aber Sie sagten ohnehin, dass er es vielleicht nach der Scheidung mitgenommen hatte.«

»Ja, aber das war falsch. Gestern ist es mir nicht eingefallen, aber heute weiß ich es wieder. Diese

Nachtkästchen habe ich nach seinem Auszug neu gekauft, um den Raum ein wenig zu verändern, und da war es noch da. Ich kann mich jetzt daran erinnern, dass ich überlegt habe, ob ich es wegwerfe, verbrenne, oder aufmache und lese.«

»Und was haben Sie getan?«

»Nichts davon. Ich habe es ganz unten in die Schublade des Nachtkästchens gelegt.«

»Aber bei Ihnen wurde seit damals nicht eingebrochen, oder?«

»Nein, zum Glück nicht. Also zumindest wäre mir nie auch nur das Geringste in diese Richtung aufgefallen.«

»Und trotzdem ist es weg«, resümiert Sophie.

»Ja. Es kann nur beim Übersiedeln irgendwo hineingerutscht sein. Wenn ich es doch noch finde, melde ich mich sofort bei Ihnen.«

»Danke«, erwidert Sophie und legt auf.

»Oh Mann, wenn man 'ner Frau was anvertraut . . .«, murrt Thomsen und macht eine unwirsche Handbewegung, mit der er unbeabsichtigt Sophies Handtasche vom Tisch wischt.

Mit einem satten *Klonk* fällt sie ihm auf die Zehen.

»Aua. Mensch Meerkatz, was hast du bloß in dieser Tasche?«

Schmerzerfüllt bückt er sich nach dem großen schweren Eisending, das aus der Tasche herausgerutscht ist. »Ein Türschloss? Haha . . . du musst das nicht wortwörtlich nehmen, Meerkatz, wenn ich sage, ich will diesen Täter hinter Schloss und Riegel sehen, hahaha.«

Als Sophie in der Kaffeeküche ihre Tasse auffüllt, nähert sich Svenja von der Seite.

»Konnte Taako es gestern nicht einbauen?«

»Ich war nicht bei ihm. Nach Otellos Fütterung hat mich die Müdigkeit übermannt. Ich bin beim Kraulen seines weichen Fells eingenickt. Und als ich wieder munter wurde, war es Mitternacht.«

»Kenn ich.« Svenja nickt. »Okko hat mehrere Katzen, aber nur eine davon ist flauschig. Die Samantha. Ich kann mich selbst ins Koma befördern, wenn ich der übers Fell streiche.«

»Aber heute fahre ich gleich direkt von der Arbeit zu ihm, damit mir das nicht noch mal passiert«, erklärt Sophie.

»Und Otello?«

»Bekommt sein Fressen eben mal später. Der ist sowieso viel zu faul. Ich hab den Garten voller Wühlmäuse, aber er liegt ausgestreckt auf meiner Gartenliege und lässt sich die Sonne auf den Bauch scheinen. Und abends dann das Futter servieren.«

Svenja lacht. »Ja, so sind sie, unsere wohlstandsverwöhnten Haustiere.«

29

Sophie und Jasper stehen sich in einer vorbildlich begrünten Sackgasse schon eine Weile die Beine in den Bauch.

»Ich kann auch alleine warten«, bietet Jasper an.

»Nee, jetzt interessiert's mich auch.« Sophie starrt die enge Straße hoch, die an einem Wäldchen endet. Der redselige Nachbar der Bonners hat ihnen verraten, dass Olaf Bonner vor 'ner Stunde zum Waldlauf aufgebrochen ist.

»Kein Mensch läuft ewig«, kommentiert Jasper.

»Wo du recht hast, hast du recht . . . ich glaube, da kommt er.« Sophie deutet auf einen schwarz gekleideten Läufer, der auf ihrer Seite der Straße näher kommt. Als er das Gartentor anvisiert und einen Schlüssel aus seiner Bauchtasche zieht, ist die Sache klar.

»Herr Olaf Bonner?«

»Ja.« Er mustert sie und streicht sich die verschwitzten Haare aus dem Gesicht.

»Kripo Husum. Oberkommissarin Meerkatz und mein Kollege, Kommissar Hinrichs.«

»Jetzt kommen Sie daher?«, kommt es vorwurfsvoll

zurück.

»Wann hätten Sie uns denn erwartet?«, hakt Sophie höflich nach.

»Vor zwei Jahren, als meine Frau überfahren wurde! Da hat sich niemand für uns interessiert.«

»Das tut mir leid, aber war das nicht ein Unfall?«

»Natürlich war das ein Unfall, aber einer, der nicht hätte passieren dürfen. Wenn die Polizei damals ihren Job gemacht hätte, wäre meine Frau noch am Leben.«

»Also, das müssen Sie mir jetzt erklären«, verlangt Sophie.

»In Ordnung«, seufzt er gottergeben, »setzen wir uns in den Garten.«

Er sperrt das Gartentor auf und deutet auf einen hölzernen Tisch, der im Schatten steht.

»Wenn Sie mich kurz entschuldigen, ich bin sofort wieder da.«

Fünf Minuten später nimmt Olaf Bonner frisch geduscht neben Jasper Platz. Sophie, die gegenübersitzt, betrachtet ihn aufmerksam.

»Ich habe mindestens vier verschiedene Artikel über den Unfall Ihrer Frau gelesen, würde aber gerne hören, wie das aus Ihrer Sicht war.«

»Nun, ich war auch nicht dabei. Aber Katja hat es mir erzählt. Mehrmals. Sie war mit dem Rad unterwegs, wie eigentlich jeden Tag. Sie liebte das Radfahren, weil's gesund und billig ist, und man damit auch die Umwelt schont . . . na ja, egal . . . jedenfalls fuhr sie in der Morgendämmerung ins Büro, um den Text für einen Kunden fertigzumachen – damals arbeitete sie in einer Werbeagentur, unten am Hafen – und da parkte dieser Olsen mit seinem BMW aus 'nem Schrägparkplatz rückwärts aus, verstehen Sie? Er schob mit dem

Hinterteil direkt in die Straße, ohne zu gucken, ob da wer kam. Er hat sie böse erwischt. Voll von der Seite. Sie kippte und stürzte vom Rad. Dabei ist sie mit dem Rücken so unglücklich auf der Bordsteinkante aufgeschlagen, dass sie gelähmt blieb. Sie hat sich nie wieder davon erholt. Vorher war sie sportlich und fröhlich, danach bloß noch verzagt und erschöpft von den Schmerzen. Sie brauchte immer mehr Medikamente statt weniger und ihr Lebenswille wurde von Monat zu Monat schwächer. Ich konnte bloß hilflos zusehen, wie sie vor meinen Augen dahinwelkte. Und das alles mussten wir durchmachen, weil dieser Fischkopp betrunken in sein Auto stieg.«

»Ich habe mir die Akte besorgt«, erklärt Sophie. »Darin steht, Ihre Frau fuhr ohne Licht, weshalb es zu einer Mitschuld kam. Möglicherweise hätte Sander Olsen das Fahrrad gesehen, wenn die Leuchte an gewesen wäre.«

»Pah, das sind doch alles bloß Ausreden. Kein normaler Mensch würde nüchtern zurückstoßen, ohne zu gucken. Und außerdem war es dort nicht stockdunkel. Es war Sommer, da dämmert es bereits um halb fünf und die Straßenlaterne, die dort steht, war erwiesenermaßen an. Aber die Polizei interessiert sich ja nicht für die Säufer, die in der Morgendämmerung aus den Lokalen wanken. Wenn Sie da 'ne Patrouille hätten, die diesen Alko-Zombies die Autoschlüssel abnehmen würde, wäre den hart arbeitenden Bürgern echt geholfen. Oder finden Sie das gerecht? Der Saufkopp hat den Tod meiner Frau verschuldet und musste nicht einen einzigen Tag dafür im Gefängnis absitzen.«

»Haben Sie ihn deshalb bestraft?«

»Ich? Wieso ich? So etwas überlasse ich lieber dem

Schicksal.«

»Auch Mord?«

»Wie? Mord? Was wollen Sie mir damit sagen? Hat ihn jemand umgebracht?«

»Ja.«

»Warten Sie . . . ist das der Tote im Strandkorb? Von dem hab ich in der Zeitung gelesen, aber da stand kein Name dabei.«

»Richtig.«

»Sieh einer an.« Olaf Bonner lehnt sich zufrieden grinsend zurück. »Da hat das Schicksal dieses Mal aber nicht lange zugewartet.«

»Empfinden Sie jetzt so etwas wie Schadenfreude?«, will Sophie wissen.

»Schadenfreude? Nee, eher 'ne Art tröstende Genugtuung. Es bringt mir zwar Katja nicht zurück, aber es gefällt mir, dass der Saufkopp sein Leben ebenfalls nicht mehr genießen kann.«

»Herr Bonner, wo waren Sie in der Nacht von Samstag auf Sonntag?«

»Hier. Zu Hause. Allein. Ohne jeden Zeugen.«

»Das ist allerdings schlecht«, meint Sophie.

»Ja. Da sind wir einer Meinung. Mir wäre auch lieber, wenn meine Frau noch hier bei mir wäre.«

30

»Das ist aber ärgerlich«, brummt der Hauptkommissar gerade in sein Handy, als Sophie und Jasper in den Großraum zurückkehren. »Und der Smoking? Aha. Ja, hab ich verstanden, aber ich heirate am . . . drohst du mir?«

Kopfschüttelnd beendet er das Gespräch.

»Ist das zu fassen? Sagt der doch glatt zu mir, er kommt nicht auf meine Hochzeit, wenn ich noch einmal erwähne, dass sie diesen Sonnabend stattfindet. Als ob ich das ständig tun würde!«

»Was sagt er denn noch?«, will Svenja wissen.

»Dass wir noch keinen Treffer haben, was das Blut auf dem Paddel betrifft. Es gehört weder dem Opfer noch sonst einem unserer Verdächtigen. Er wird die Probe nun mit sämtlichen Datenbanken abgleichen, und wenn die Person jemals ein Opfer oder ein Täter war oder aus einem anderen Grund irgendwo registriert ist, finden wir sie.«

»Je früher, desto besser«, kommentiert Svenja.

»Und der Smoking?«, fragt Jasper.

»Dafür müsste jemand 'ne Nachtschicht einlegen«, seufzt Thomsen. »Sie haben nur beschränkte

Kapazitäten und konzentrieren sich erst mal auf das Blut.«

»Ich denke auch, dass das wichtiger ist«, meint Sophie. »Außerdem . . . mit ein wenig Glück wird der Besitzer seinen Smoking noch vor dem Wochenende abholen wollen. Dann haben wir ihn sowieso.«

»Das wäre der Idealfall«, stimmt Thomsen zu. »Und jetzt zu euch – was hat die Vernehmung von Olaf Bonner ergeben?«

»Eigentlich nicht viel Neues. Er gibt vor, von Olsens Tod überrascht zu sein und verhehlt auch nicht seine Freude darüber, dass dieser alkohol-affine Schmerz- und Leidverursacher von der Erdoberfläche getilgt wurde«, fasst sie zusammen. »Er wirkte authentisch, aber natürlich kann er uns auch etwas vorgespielt haben. Wer weiß das schon?«

»Auf jeden Fall hat er den Sander Olsen gehasst, das konnte man spüren. Der hat ihm seine geliebte Frau genommen und damit sein Leben zerstört«, ergänzt Jasper.

»Alibi hat er jedenfalls keines«, fügt Sophie noch hinzu.

»Schön, dann haben wir also zwei Verdächtige mit starken Motiven, die beide gleichermaßen infrage kommen«, seufzt Thomsen. »Wetten werden ab sofort angenommen.«

»Oh nein, damit kriegst du mich nicht noch mal dran«, widerspricht Sophie. »Ich bin noch traumatisiert von der Einlösung meiner letzten Wettschuld.«

»Ja, haha, so siehst du aus«, lacht Thomsen, bis sein Blick auf die Uhr fällt. »Du hältst hier die Stellung, Meerkatz, denn für mich wird es Zeit. Heute ist Generalprobe bei Ella. Meine Lieben, ich hoffe sehr, euch später dort alle zu sehen.«

»Also ich komme fix, Chef«, grinst Jasper. »Immerhin wohne ich dort.«

»Okay, ich komme auch«, lässt Svenja sich breitschlagen.

»Und du, Meerkatz?«

»Sorry, ich habe meine Anwesenheit heute schon jemand anderem versprochen«, erwidert Sophie.

»Jemandem, der sich über ein Zimmerschloss als Mitbringsel freut?«, witzelt Thomsen amüsiert und schnappt sich seine Jacke vom Haken.

Kaum ist er zur Tür hinaus, sieht Jasper Sophie fragend an.

»Was sollte denn diese komische Bemerkung mit dem Zimmerschloss? Seit wann ist so was ein Mitbringsel?«

»Keine Ahnung.« Sophie zuckt die Schultern und Svenja kichert, als plötzlich jemand an die Glastür klopft.

Maike steht dort, bewaffnet mit einem großen Korb, und winkt lächelnd durch das Glas.

Svenja geht ihr entgegen und zieht die Glastür weit auf.

»Komm rein.«

»Hey, ist das Käsekuchen?« Allein die Vorstellung lässt Jaspers Gesicht vor Freude erstrahlen.

»Sowieso.« Maike parkt den Korb auf dem nächstgelegenen Schreibtisch. »Ist mein Bärchen in seinem Büro?«

»Nee, der ist . . .«, beginnt Jasper und verstummt plötzlich, als ihm einfällt, dass Maike nicht wissen darf, wo sich ihr zukünftiger Ehemann aufhält und was er dort treibt.

»Der ist im Außeneinsatz«, kommt Svenja ihm zu Hilfe.

»Ja, genau«, bestätigt Jasper erleichtert.

»Außeneinsatz?« Maike blickt irritiert in die Runde. »Ihr seid alle hier und er ist allein im Außeneinsatz? Das klingt nicht nach meinem Rüden.«

»Diesmal ist es auch anders. Er freut sich schon so auf die Hochzeit, dass er den Fall unbedingt vorher abschließen möchte«, schmückt Sophie die Ausrede aus.

»Ehrlich?« Maike entspannt sich ein wenig.

»Ja, die Hochzeit bedeutet ihm sehr viel«, bestätigt auch Svenja. »Deshalb ist er höchst motiviert.«

»Oh gut . . . dann geh ich mal wieder, damit ihr auch ungestört weiterarbeiten könnt.«

31

»Maike hat mir richtig leid getan«, meint Svenja, kaum, dass sie wieder unter sich sind. »Sie wittert, dass er ein Geheimnis hat . . .«

»Logisch, wenn er schon den dritten Abend nicht zu Hause ist«, meint Sophie.

»Soll ich die Mutti warnen, dass sie ihn sucht?«, fragt Jasper besorgt.

»Ich denke, ich werde hinfahren«, überlegt Sophie.

»Heldenhaft.« Svenja kichert.

»Eigentlich meine ich wegen des Falls.«

»Warum?«, will Jasper wissen.

»Vielleicht kann sie uns weiterhelfen? Dieses Paddel geht mir nicht aus dem Kopf. Es muss eine Bedeutung haben. Deine Mama kennt so viele Leute und so viele Geschichten, sie merkt sich alles. Wenn es irgendwann einen Bootsunfall oder ein Verbrechen auf einem Boot gab, wo ein Paddel eine Rolle spielte, wird sie sich daran erinnern.«

»Das kann gut sein. Aber dafür musst du nicht extra hinfahren. Das können Svenja und ich erledigen, wir haben sowieso versprochen, an *der Generalprobe* teilzunehmen.«

»Es gibt noch eine Person, die etwas zu diesem Thema wissen könnte«, sagt Svenja plötzlich.

»Ach ja, wer?«

»Der Emmermann. Der segelt schon seit Ewigkeiten und interessiert sich für alles, was mit Booten zu tun hat.«

»Das ist jetzt nicht dein Ernst?« Augenblicklich begibt sich Sophies Laune in den Sinkflug.

»Und ob! Wobei ich denke, dass deine Chancen, etwas Interessantes zu erfahren, steigen, wenn du nicht nach einem möglichen Verbrechen fragst, sondern nach einem Herzinfarkt durch Paddelhieb...«

»Oh Mann«, stöhnt Sophie. »Der Job ist nicht immer leicht. Hat jemand seine Nummer?«

***

Mit einer guten Flasche Rotwein unter dem Arm überblickt sie die Reihe an Segelbooten. Die *La Paloma*, die Emmermann gemeinsam mit Thomsen besitzt, ist die vierte von rechts. Ein glücklicher Zufall, dass er gerade hier ist, denkt Sophie. Ihn zu Hause aufzusuchen, wäre ihr noch unangenehmer gewesen.

Wie aus dem Nichts landen plötzlich vereinzelte Tropfen auf ihrer Haut. Sie blickt skeptisch in den Himmel. Schon wieder schwenkt das Wetter um.

Vor dem Boot bleibt sie stehen und bildet mit den Händen einen Trichter.

»Aiko? Aiko!«

Kurz darauf guckt Emmermann aus der Luke.

»Sophie? Komm runter, bevor der Regen richtig loslegt.«

Sie springt an Bord und kämpft kurz mit dem Gleichgewicht. Obwohl das Boot eine ordentliche Größe hat, spürt sie ein leichtes Schwingen. Vorsichtig steigt sie den steilen Gang hinunter.

Unter Deck ist es geräumiger und gemütlicher, als sie gedacht hatte. Sogar eine winzige Kombüse ist hier untergebracht.

Sie stellt die Weinflasche, die sie aus ihrem persönlichen Vorrat für unerwartete Notfälle mitgenommen hat, auf den Tisch und nimmt auf der bequemen Bank Platz.

»Ist das ein Date?« Der Internist sieht sie argwöhnisch an.

»Nein. Gott bewahre. Nein, ich wollte bloß ein Präsent mitbringen – aus Höflichkeit, weil du dir kurzfristig für meine Fragen Zeit nimmst.«

»Aha.« Emmermann setzt sich zu ihr. »Was willst du denn wissen?«

»In unserem Fall spielt ein blutiges Paddel eine Rolle. Es könnte ein Beweisstück sein. Kannst du dich an einen Segelunfall erinnern oder sonst an irgendeinen Vorfall, wo ein Paddel eine Rolle spielte?«

»Hm . . . mal überlegen . . . nein, jedenfalls nichts Unaufgeklärtes. Vor einigen Jahren gab es eine Schlägerei auf einem Boot. Da ist einer schwer verletzt über Bord gegangen, aber soweit ich weiß, hat man den lebend wieder rausgefischt. Aber ob der mit einem Paddel geschlagen wurde, kann ich jetzt nicht sagen.«

Der Arzt starrt eine Weile auf die Flasche Rotwein vor ihm, steht dann auf und entkorkt sie.

»Jetzt fällt mir doch noch etwas ein. Ein Boot ist gekentert. Das ist noch länger her. Ein Pärchen ist in einen bösen Sturm geraten. Die konnten aber beide gerettet werden. Haben sich in einem kleinen Beiboot an Land gerettet. Da waren zwei Holzruder im Spiel.«

»Ist einer von denen anschließend gestorben?«

»Nein.«

»Egal. Kann ich die Namen trotzdem haben?« Sophie zückt ihr Notizbuch.

»Die weiß ich nicht mehr. Einfach googeln. Husum Segelunfall. Muss ungefähr zehn Jahre zurückliegen.«

Er setzt sich wieder zu ihr und schenkt zwei Rotweingläser voll.

Sophie schluckt. So war das nicht geplant. Sie bricht wohl besser so rasch wie möglich wieder auf.

Emmermann reicht ihr ein Glas.

»Und einmal verschwand einer«, erinnert er sich weiter. »Aber das liegt noch länger zurück. Bestimmt zwanzig Jahre. Damals hatten Jugendliche 'ne Party auf einem Boot gefeiert und am nächsten Morgen wurde einer vermisst.«

»Und da war ebenfalls ein Paddel im Spiel?«

»Keine Ahnung.«

»Wurde der Vermisste gefunden?«

»Ich glaube nicht.« Der Arzt legt den Kopf schief, was ihm offenbar das Nachdenken erleichtert. »Nee, ich denke, der wurde nie wieder gefunden.«

»Ich nehme an, da weißt du auch keinen Namen?«

»Nee, mit Namen hab ich's generell nicht so.«

»Okay, danke.« Sophie kippt aus reiner Höflichkeit den Rotwein hinunter und steht auf. Nachdem sie ihre Mission erfüllt hat, ist es nun an der Zeit, hier wieder zu verschwinden.

In diesem Moment macht es einen lauten *Rums* und das Boot gibt ein wenig nach. Sie verliert das Gleichgewicht, stößt gegen den Tisch und ehe sie sich versieht, landet sie auf Emmermanns Schoß.

Aufs peinlichste berührt, versucht sie augenblicklich, sich wieder hochzustemmen.

Auch dem Internisten ist es unangenehm.

»Ach nee, jetzt ist der ganze Wein verschüttet.«

Er angelt nach dem Weinglas, von dem bloß der Stiel heil geblieben ist. Sophie bückt sich nach den restlichen Scherben.

»Es tut mir so leid«, ertönt plötzlich eine vertraute Stimme vom Niedergang her. »Ich suche nach dem Rüden und ich dachte, er wäre vielleicht hier. Ich wollte nicht stören, ich meine, ich wusste ja nicht . . . Mann, ist mir das peinlich . . .«

Sophie rappelt sich eiligst hoch und starrt fassungslos auf die Verlobte ihres Chefs, die nun verlegen an dem schmalen Aufgang steht und mit ihrer Körperfülle den einzigen Fluchtweg versperrt.

32

»Ich hätte nicht gedacht, dass es Situationen gibt, in denen ich einen guten Rotwein nicht genießen kann.«

Sophie sitzt auf der Bettkante in Taakos Schlafzimmer und sieht ihrem Liebling beim Einbau des neuen Türschlosses zu.

»Dafür kannst du es jetzt umso mehr.« Er lächelt verliebt zu ihr hinüber.

»Stimmt.« Sie dreht ihr Glas verspielt in den Fingern hin und her. »Ich sehe dir gern zu, wenn du irgendwas hinkriegst, von dem ich keine Ahnung habe.«

»Heißt das, es turnt dich an, wenn du mich bei Schlosserarbeiten beobachtest?«

»Definitiv«, gurrt sie.

»Und jetzt?« Taako zieht sein T-Shirt aus, um mit nacktem Oberkörper weiterzumachen.

Sophie betrachtet sehnsüchtig seine modellierte Rückenpartie. »Schon beinahe unerträglich. Wie lange dauert es noch, bis das Ding endlich funktionsfähig ist?«

»Gleich fertig.«

»Guuuut . . .«

Sie nippt an ihrem Rotwein und betrachtet den

Mann ihrer Begierde, für den sie von Tag zu Tag tiefere Gefühle entwickelt. Es war kein Fehler, Berlin zu verlassen und einen Neubeginn zu wagen. Auch wenn es ganz schön lange gedauert hat, ihr persönliches Glück hier im Norden zu finden.

Als sie endlich das ersehnte Klacken des Schlüssels hört und Taako sich ihr zuwendet, stellt sie ihr Weinglas bereitwillig zur Seite.

»Auf diesen Moment freu ich mich schon seit zwei Tagen.«

***

»Die Nacht ist außergewöhnlich warm. Wollen wir noch auf einen Drink in den Garten?«

Taako greift bereits nach der Rotweinflasche und macht eine einladende Geste.

Sophie schwingt ihr Beine aus dem Bett. »Oh ja, ein wenig Abkühlung ist jetzt genau das Richtige.«

Zusammengekuschelt auf Taakos Gartenbank fällt ihr die Begegnung mit dem Leichenbeschauer wieder ein.

»Die Maike wird dich komisch ansehen«, erklärt sie ihrem Schatz, während er die Rotweingläser wieder auffüllt.

»Du meinst auf der Hochzeitsfeier?«

»Ja.«

»Warum das denn?«

»Weil ich dich ihrer Meinung nach betrogen habe.

Sie denkt, sie hat mich in flagranti erwischt. Meine sämtlichen Beteuerungen, dass dem überhaupt nicht so war, hat sie mit einem peinlich berührten *Das-geht-mich-überhaupt-nichts-an*, abgeschmettert.«

»Und mit wem hast du mich betrogen?«

»Angeblich betrogen.«

»Richtig. Angeblich.« Taako grinst belustigt. »Jetzt sag schon – mit wem?«

»Mit dem Emmermann.«

»Nein!«

»Doch.«

»Mit diesem schmalbrüstigen Windjackenträger?«

»So siehts aus . . .«

»Ach du Schande.« Taako lacht aus vollem Hals. »Dann wollen wir mal hoffen, dass sich das nicht rumspricht.«

»Nichts wünsche ich mir mehr.«

Nun lachen sie beide und prosten sich zu.

»Jetzt erzähl mir die ganze Geschichte«, verlangt Taako und füllt die Gläser neuerlich auf.

»Nun, eigentlich war das noch Glück im Unglück«, stellt er anschließend amüsiert fest. »Wenn der Thomsen auf dem Schiff geprobt und Maike dich auf ihm liegend gefunden hätte, wäre die Hochzeit geplatzt.«

»Stimmt.« Sophie schmunzelt. »So kann man es auch sehen. Die heiß ersehnte Vermählung ist nicht in Gefahr – außer, es kommt ausgerechnet am Sonnabend zum Showdown.«

»Du meinst bei eurem Fall?«

»Ja.«

»Seid ihr dem Täter denn schon so knapp auf den Fersen?«, wundert sich Taako.

»Nein. Im Gegenteil. Wir haben aktuell zwei Kandidaten, aber beide bestreiten vehement, an dem Mord beteiligt zu sein. Ich denke, einer lügt.«

»Aber du weißt nicht, welcher?«

»Genau. Beide haben ein überzeugendes Motiv, beide hatten die Gelegenheit, beide haben kein Alibi.«

»Und mit beiden wäre das Opfer in der Nacht im Strandkorb gesessen?«

»Stimmt . . .« Sophie legt ihre Stirn in Falten. »Der Strandkorb – warum sitzen zwei Männer in der Nacht im Strandkorb?«

»Weil es ein heimliches Treffen ist?«

»Davon ist auszugehen. Aber warum? Mit wem wollte das Opfer nicht gesehen werden?«

»Oder der Täter«, wirft Taako ein.

»Auch möglich . . . für mich steht jedenfalls fest, dass beide in dieses heimliche Treffen eingewilligt haben. Die Frage ist bloß, warum?«

»Heimliche Geschäfte? Ein Drogen- oder Waffenkauf?«

»Vielleicht. Irgendeinen Grund muss es wohl geben, wenn sich zwei Heteromänner mitten in der Nacht im Strandkorb treffen . . .«

»Und wenn das der Knackpunkt ist? Wenn sie eben nicht hetero waren, sondern bi?«

»Bi?«, wiederholt Sophie überrascht.

»Sagtest du nicht, der Stich wurde mit einer heftigen Emotion geführt?«, hakt Taako nach.

»Auch das stimmt . . .«, gibt sie nachdenklich zu. »Oh Mann, wenn sich der Fall in diese Richtung dreht, fangen wir wieder ganz von vorn an.«

»Nicht unbedingt. Einer meiner Kumpels ist stockschwul.« Taako grinst nun von einem Ohr bis zum anderen.

»Oha.«

»Ja, er ist von der freiwilligen Truppe. Hauptberuflich hat er einen exklusiven Laden für Herrenmode, bloß ein paar Straßen vom Hafen entfernt. Du musst wissen, die Szene in Husum ist überschaubar, es gibt keinen Homo- oder Bisexuellen hier, den Jackie nicht kennt.«

»Jackie?«

»Ja, wie Jackie Kennedy. Weil er immer so perfekt gestylt ist.«

Sophie kichert. »Und mit bürgerlichem Namen?«

»Herwig Tych.«

»Okay, da wäre mir Jackie auch lieber.«

33

Der Affenarsch zeigt mir den Ring.
Ob ich denke, dass er ihr gefällt?
Verdammt, wie sollte er nicht? Das Scheißding funkelt mit dem Sternenhimmel um die Wette.
Er will ihr die Frage aller Fragen stellen.
Ganz romantisch, auf seinem Segelboot, umgeben von seinen und ihren engsten Freunden.
Was mich ins Spiel bringt.
Ich gebe ihm das geforderte Versprechen, ihr nichts von der Überraschung zu verraten. Und in Gedanken verspreche ich mir selbst, endlich etwas zu unternehmen.
Ich habe lange genug zugewartet.
Was, wenn das Schicksal erwartet, dass man für seine Bestimmung kämpft?
Nichts passiert zufällig und selbst ein noch so klarer Lebensplan kann unerfüllt bleiben, wenn man Dinge hinnimmt, die man nie hätte hinnehmen dürfen.
Es ist Zeit, in die Gänge zu kommen.
Zeit zu tun, was getan werden muss.
Der Ruf des Schicksals ist laut genug.

*Wo viel Gefühl ist,
ist auch viel Leid*

Leonardo da Vinci

FREITAG

34

In dem kleinen Park neben dem Theodor-Storm-Gymnasium trippelt Tessa unruhig von einem Bein aufs andere. Nervös blickt sie zum Parkeingang, von wo aus ihre Freundin auf sie zukommt.

»Moin Inka.«

»Was ist los, dass wir uns noch vor der Schule hier treffen müssen? Und warum simst du mir nicht einfach, worum es geht?«

»Weil ich mit dir reden muss. Persönlich. Weißt du noch, dieser Brief, den ich beim Übersiedeln gefunden habe?«

»Den im hellblauen Kuvert, das zugeklebt war?«

»Genau. Ich habe es geöffnet.«

»Aber das wolltest du doch nicht. Weil es doch deiner Mutter gehört . . .«

»Ich weiß, ich weiß.« Tessa reibt sich nervös über ihre Unterarme. »Aber die Neugier hat mich umgebracht. Also hab ich den Brief gestern Nacht noch gelesen. Heimlich. Mit einer Taschenlampe unter der Bettdecke. Stell dir vor, er ist von meinem verstorbenen Vater.«

»Au backe. Und was steht drin?« Inka wird nun von

der Aufregung angesteckt.

»Voll krasses Zeug. Dass er kein guter Mensch ist und dass es ihm leidtut. Aber auch, dass sein Leben in Gefahr ist, weil er sich nicht nur mit dem Schicksal, sondern auch mit einem sehr gefährlichen Menschen angelegt hat, und dass er deshalb Angst hat, dass jener sich an ihm rächen könnte. Ich hab den Eindruck, dass er diesen Brief geschrieben hat, damit nach seinem Tod alles auffliegt.«

»Dann solltest du ihn zur Polizei bringen«, rät Inka und beginnt vor Aufregung an einer ihrer langen, blonden Strähnen zu kauen.

»Wollte ich erst. Aber dann dachte ich, ich sollte vielleicht zuerst doch mit meiner Mama reden, sie soll nicht von der Polizei erfahren, dass ich Papas Brief gelesen habe.«

»Klingt auch logisch. Das solltest du dann aber rasch tun. Und da steht wirklich drin, wer ihn umgebracht hat?«

»Nein, jetzt wirds total mysteriös: Papa schreibt, die volle Wahrheit muss deine Mama zuerst erfahren.

»Meine Mama?« Inka lacht irritiert auf. »Du meinst wohl deine . . .«

»Nein, sieh mal!« Tessa zieht nun ein kleines rosafarbenes Kuvert aus der Tasche. »In dem Brief war noch ein zweites Kuvert und das ist eindeutig an deine Mama adressiert. *Merle Timmerman*.«

»Das muss ein schlechter Scherz sein, was soll sie damit zu tun haben?«

»Keine Ahnung. Ich habe es nicht geöffnet. Muss irgendeine alte Geschichte sein. Unsere Eltern sind ja schon seit Ewigkeiten befreundet.«

Inka betrachtet das kleine Kuvert in der Hand ihrer

Freundin wie ein unerwünschtes Insekt. Dass Tessas verstorbener Vater eine so intime Nachricht an ihre Mama verfasst hat, gefällt ihr gar nicht.

»Und du meinst wirklich, ich soll es ihr geben?« Unschlüssig sieht sie ihre Freundin an.

»Hast du eine bessere Idee?«, antwortet jene mit einer Gegenfrage.

»Nein, oder doch, ich meine vielleicht . . . was ist, wenn wir es gleich öffnen?«

»Ich weiß nicht.« Tessa sieht beschämt zu Boden. »Ich mag nicht noch eine rote Linie übertreten. Schlimm genug, dass ich den Brief an meine Mama gelesen habe – seitdem hab ich ein richtig schlechtes Gewissen. Ich kann ihr kaum in die Augen sehen. Ich weiß jetzt, dass es ein Fehler war, ich möchte das nicht noch mal tun.«

»Oh Mann«, seufzt Inka, »ich wünschte, mein Bruder wäre hier.«

»Warum? Was hat Joon damit zu tun?«

»Du als Einzelkind kannst das nicht verstehen. Joon kann einfach super mit Mama umgehen. Wenn er etwas sagt oder macht, ist es nie ein Problem.«

»Und du denkst, dieses Briefchen hier wird zu einem Problem?« Tessa dreht es zwischen ihren Fingern hin und her.

»Irgendwie schon . . . aber was soll's, Joon ist in Hamburg, also bleibt mir gar nichts anderes übrig, als es ihr allein zu geben.«

»Ich möchte mitkommen«, bittet Tessa nun. »Ich muss einfach wissen, wer meinen Vater umgebracht hat und warum.«

»Okay.« Inka nickt und steckt das Kuvert ein. »Wir machen das gemeinsam – gleich nach der Schule.«

35

Der Kaffeeduft am Morgen ist ein wiederkehrendes Highlight, aber heute ist Sophie besonders dankbar, dass ihre Kollegin schon vor ihr im Büro eingetroffen ist und die Kaffeemaschine eingeschaltet hat.
»Lange Nacht gehabt?«, fragt Svenja süffisant.
»Seeeeeehr lang.«
»Es geht eben nichts über eine versperrbare Schlafzimmertür.«
»Du sagst es.« Sophie schenkt sich ihren Pott mit Kaffee voll. »Otello war richtig angepisst, weil ich erst nach Mitternacht kam.«
»Na, das ist aber verständlich, wenn du ihn so sträflich vernachlässigst«, lacht Svenja.
»Dieser Kater ist so verwöhnt, die volle Trockenfutterschale hat er nicht mal angerührt.«
Sophie nimmt einen Schluck von ihrem Muntermacher, als das wohlbekannte elektronische Möwengekreisch ertönt.
»Moin Liebling«, haucht sie erotisch in ihr Handy, nachdem ihr das Display verraten hat, dass Taako in der Leitung ist.
»Moin«, kommt es sehr dynamisch retour. »Ich bin

jetzt dein Hilfssheriff.«

»Ach ja?«

»Ja. Mir ist nämlich aufgefallen, dass Nils' Kita in der Nähe von Jackies Klamotten-Boutique liegt. Nachdem ich den Kleinen abgeliefert hatte, musste ich die Gelegenheit ergreifen und Jackie einen Besuch abstatten.«

»Und?«

»Nun bin ich hier. Inmitten von Anzügen, Smokings und Fräcken in allen Farben. Mit Streifen, mit Glitter und mit Schärpen. Hier gibt's alles, was das extravagante männliche Herz begehrt.«

»Ich meinte, weiß dein Freund, ob der Sander Olsen bisexuell war?«

»Angeblich nicht. Ich habe ihm ein Foto gezeigt. Jackie ist überzeugt, ihn nicht zu kennen. Er meinte, Olsen wäre in dieser Community aufgefallen, mit seinen schulterlangen Haaren und dem Bad Boy Image.«

»Das heißt, unsere Bi-Theorie ist gestorben?«

»Sieht so aus – und ich muss hier dringend wieder raus, sonst ende ich noch mit einem lachsfarbenen Smoking auf der Hochzeit.«

»Also mich würde das nicht stören«, macht Sophie sich lustig, »ich fand Lachsrosa schon immer klasse.«

»Prima, dann hast du wenigstens eine Verwendung für mich als Blickfang, denn als Ermittlungsgehilfe bin ich die reinste Niete«, lacht Taako.

»Ach Mist«, seufzt Svenja, nachdem Sophie sie auf den gleichen Wissensstand gebracht hat. »Dieser Fall will und will nicht in die Gänge kommen.«

»Du sprichst mir aus der Seele.« Thomsen hat

während ihrer Unterhaltung den Großraum betreten und macht sich nun bemerkbar.

Zur Abwechslung ist es nun sein Handy, das zu klingeln beginnt. Grummelnd nimmt er das Gespräch an.

»Ja? Das ist schlecht. Nein, natürlich nicht. Wenn ich neue Beweise gehabt hätte, hätte ich mich gemeldet.« Er klickt auf *beenden* und steuert die Kaffeemaschine an.

»Willst du uns nicht sagen, worum es ging?«, erkundigt sich Svenja.

»Uwe Olsen ist wieder entlassen worden. Dem Staatsanwalt reichen die Argumente nicht«, murrt er verärgert. »Wie was das mit der Bi-Theorie?«

»Bloß ein Rohrkrepierer«, berichtet Sophie. »Ich dachte, vielleicht hatte das Opfer 'ne heimliche Affäre mit seinem Mörder, weil mir kein Grund einfallen wollte, warum ein Hetero-Mann sich mitten in der Nacht mit einem anderen in einen Strandkorb setzt.«

»Klingt gar nicht so abwegig. Irgendeinen Grund muss er schließlich gehabt haben«, brummt Thomsen unerwartet freundlich und setzt seinen Weg Richtung Kaffeemaschine fort.

Als er mit dem vollen Pott zurückkehrt, hat sich auf seinem Gesicht ein süffisantes Grinsen ausgebreitet.

»So stressig dieser Fall auch ist, hat er doch auch seine guten Seiten, nicht wahr?«

»Nämlich?«, fragen die beiden Frauen unisono.

»Er zeigt, dass Menschen sich an vielen Orten näherkommen können, manche in einem Strandkorb, andere in einem Segelboot . . .«

»Witzig«, knurrt Sophie. Offenbar war ihr Chef gestern noch heimgekommen, bevor Maike eingeschlafen war, und die hatte nichts Besseres zu tun gehabt, als brühwarm von dem, was sie dachte, gesehen zu haben, zu berichten.

»Das mit dem Segelboot verstehe ich jetzt nicht«, meint Svenja.

Anstelle einer Erklärung zieht Sophie eine Grimasse, über die sich ihr Chef königlich amüsiert.

»Was habe ich verpasst?«, will Svenja wissen.

Doch das Handy des Hauptkommissars läutet erneut und er zieht es vor, ranzugehen.

»Moin Tjark. Ach. Interessant. Okay, warte 'nen Moment, das schreib ich mir auf. Alles klar . . . du kommst doch morgen? Mit deiner Frau? Was heißt *wohin*??? Ich heirate . . . ach so, ein Scherz, okay. Ja klar, war lustig.«

»Und?«, fragt Sophie, nachdem ihr Chef wieder aufgelegt hat.

»Das war Tjark Frerichs von der KTU, er kommt morgen zur Hochzeit. Mit Gattin. Hat wohl im Witzkistchen geschlafen . . .«

»Ich meinte den Fall. Du hast *Bolke Hansen* notiert.«

»Ach ja. Das ist spannend. Das Blut auf dem Paddel ist etwa zwanzig Jahre alt. Und es gab einen Treffer in unserer Datenbank. Es gehört einem gewissen Bolke Hansen, der vor zwanzig Jahren bei einem Segelunfall vermisst gemeldet worden war. Er ist bis dato nicht wieder aufgetaucht und schon längst für tot erklärt worden.«

»Von diesem mysteriösen Bootsunfall hat mir der Emmermann gestern auch erzählt . . .«, erwidert Sophie nachdenklich.

»Wie hieß das Opfer noch mal?«, unterbricht Svenja.

»Bolke Hansen«, wiederholt Thomsen.

Sie tippt den Namen in den Computer.

»Mal sehen, was das Internet über ihn ausspuckt. Ah, da haben wir ihn. Der war aber süß. So ein richtiger Sonnyboy mit dunklen Locken. Seht mal, er hatte sogar eine Band. Die *Sea-Monkeys*. Da ist ein kurzer Artikel über ihn:

Segelnachwuchshoffnung offenbar ertrunken!
Der Sohn des Segelschulbesitzers, Bolke Hansen, war mit seiner Verlobten Merle und seinen Freunden auf einer Segeltour, als das Unglück geschah.«

»Wie heißt diese Merle mit ganzem Namen?«, will Sophie wissen.

»Das steht hier nicht, aber über diesen Vorfall haben wir garantiert auch einen Akt.« Svenja tippt eine Weile auf der Tastatur herum. »Ja, dieser Fall ist bei uns erfasst und elektronisch abgelegt. So, hier haben wir die Zeugenliste:
Erik Kühn
Jens Timmerman
Sander Olsen
Anna Behrens
Merle Michaelsen.«

»Anna Behrens und Sander Olsen waren auf demselben verheerenden Bootstrip?« Sophie springt hoch wie von einer Tarantel gestochen. »Das kann kein Zufall sein. Ganz im Gegenteil – das ist die Verbindung! Ihr toter Ex-Mann hatte das Paddel mit dem Blut. Dem Blut von Bolke Hansen, der verschwand oder starb, oder beides. Und sie hat mir kein Wort davon erzählt. Wir müssen sowas von dringend noch mal mit dieser Frau reden – und dieses Mal werden wir sie richtig in die Zange nehmen!«

»Das denke ich auch«, stimmt Thomsen zu. »Das machst du, Meerkatz. Svenja, du findest inzwischen alles über Merle, die ehemalige Verlobte von diesem Bolke, heraus. Ich will wissen, wo sie wohnt, wo sie arbeitet, was sie sonst noch macht, einfach alles.«

»Okay Chef«, mault Svenja, der man es ansehen kann, dass sie lieber Sophie zur Befragung von Anna Behrens begleitet hätte. »Ist ja auch wichtig.«

Die Glastür wird aufgestoßen und Jasper entschuldigt sich schon beim Betreten des Großraums für seine Verspätung. Doch Thomsen fährt ihm mitten im Satz in die Parade.

»Keine langen Worte. Wir brauchen Ergebnisse. Setz dich an deinen PC. Ich will alles über Erik Kühn und Jens Timmerman wissen.«

36

Nachdem Sophie Anna Behrens in ihrem alten Zuhause nicht angetroffen hat, versucht sie es beim neuen. Tatsächlich ist die quirlige Mittvierzigerin dort mit der Gartengestaltung beschäftigt.

Sophie winkt über den Gartenzaun.

»Moin Frau Kommissarin«, erwidert Anna die Geste und kommt ihr entgegen.

»Schon eingelebt?«

»Würde ich so jetzt nicht sagen. Aber meine Mama macht ein Schläfchen, da nutze ich die Zeit, um die Gartenmöbel nach meinen Vorstellungen umzustellen.« Sie lacht und öffnet die Gartentür. »Kaffee?«

»Nee, heute nicht.« Sophie hält ihr übergangslos den zwanzig Jahre alten Polizeibericht unter die Nase. »Warum haben Sie uns den Bootsunfall verschwiegen?«

»Verschwiegen? Aber wieso denn verschwiegen? An den habe ich schon seit Jahren nicht mehr gedacht.«

»Und das soll ich Ihnen glauben? Wo ich doch extra nach dem Paddel gefragt hab?«, fühlt Sophie ihr weiter auf den Zahn.

»Aber diese Sache hatte nichts mit einem Paddel zu tun. Wir sind nicht gerudert. Keiner von uns. Ich habe das Paddel bis jetzt nicht mit diesem unseligen Segeltrip in Verbindung gebracht.«

»Ach.« Sophie mustert ihre Gesprächspartnerin skeptisch. Ob diese Unbefangenheit bloß aufgesetzt ist? »Dann schildern Sie mir doch mal, was damals passiert ist.«

Anna seufzt und macht eine einladende Handbewegung Richtung Gartentisch. Als sie beide dort Platz genommen haben, beginnt sie zu erzählen.

»Bolke hatte uns alle eingeladen. Er war so etwas wie der Sonnenschein in unserem Freundeskreis. Er hatte zwei große Leidenschaften: die Musik und das Meer. Wann immer er konnte, fuhr er mit seinem Boot hinaus. Und die Gitarre hatte er immer dabei.«

»Hatte er nicht noch eine dritte Leidenschaft?«, will Sophie wissen.

»Hatte er?« Anna sieht ein wenig verdutzt drein.

»Seine Verlobte? Eine gewisse Merle Michaelsen?«

»Ja richtig, natürlich.« Anna lacht. »Die beiden waren damals zusammen. Bei diesem Segeltrip wollte er seine Verlobung feiern. Deshalb hat er uns eingeladen – und wir haben gefeiert! Wir haben es so richtig krachen lassen. Mitten auf der See. Bei Mondlicht. Es war unglaublich stimmungsvoll. Aber dann kamen Wellen und mir wurde schwummrig. Vielleicht lag's auch am Alkohol. Jedenfalls musste ich mich übergeben und legte mich dann schlafen.«

»Sonst wissen Sie nichts?«

»Nur, was Merle mir erzählt hat. Sie sagte, Bolke war noch an Deck, als ihr übel wurde . . .«

»Moment«, unterbricht Sophie. »Ihr wurde ebenfalls übel?«

»Ja, in dieser Nacht wurde uns allen irgendwann

übel. Na ja, Sie wissen schon, die Wellen und die vielen Drinks ...«

»Okay, erzählen Sie weiter.«

»Wie ich schon sagte, Merle legte sich eben auch irgendwann hin, und Bolke war noch an Deck. Er wollte sich eigentlich von Erik ablösen lassen, um bei ihr sein zu können, aber aus irgendeinem Grund kam es nicht dazu. Sie schlief ein und als sie wieder munter wurde, konnte sie ihn nicht finden. Als sie mich weckte, war sie bereits panisch. Wir suchten alle . . . stundenlang . . . in jedem Winkel des verdammten Bootes . . . obwohl längst klar war, dass er nicht mehr an Bord war . . .« Annas Blick geht weit in die Ferne und ihr sonst so fröhliches Lächeln wirkt jetzt wehmütig. »Bolke tauchte nie wieder auf. Bis heute wissen wir nicht, was mit ihm passiert ist.«

»Wo ist diese Merle jetzt und wie kann ich sie erreichen?«, will Sophie wissen.

»Sie hat kurz darauf Jens Timmerman geheiratet und mit ihm Kinder bekommen. Sie wohnen im Süden Husums, in der Süderheverstraße.«

»Haben Sie noch Kontakt?«

»Natürlich. Immer wieder, wenn auch nicht mehr so innig wie früher. Aber unsere Töchter sind gleich alt und besuchen dieselbe Klasse im Gymnasium. Also machen wir immer wieder etwas gemeinsam. Gartenpartys, Ausflüge, solche Dinge eben.«

»Dann haben Sie sicher auch die Adresse?«

»Natürlich. Ich schreibe sie Ihnen auf.« Anna geht ins Haus und kommt kurz darauf mit einem Notizzettel zurück.

»Und Erik Kühn?«, setzt Sophie die Befragung fort.

»Der gehörte auch zu unserer Clique. Er war Bolkes

bester Freund. Sein Tod hat ihn hart getroffen. Er ging bald darauf nach Flensburg. Ist dort als Immobilienmakler tätig. Zu ihm habe ich keinen regelmäßigen Kontakt mehr. Aber im Handy habe ich ihn noch eingespeichert.« Sie scrollt eine Weile durch ihre Kontaktliste und notiert anschließend Erik Kühns Kontaktdaten ebenfalls auf dem Notizzettel.

Sophie nimmt ihn entgegen und steht auf.

»Okay, danke. Bitte bleiben Sie heute telefonisch erreichbar, falls ich noch Fragen habe.«

37

Als Sophie in die Räumlichkeiten der Kripo zurückkehrt, herrscht dort eine Atmosphäre wie in einem Taubenschlag.

»Diese Merle Michaelsen heißt jetzt Merle Timmerman und ist mit Jens verheiratet«, schleudert ihr Svenja gleich zur Begrüßung entgegen.

»Weiß ich schon. Die beiden haben hier in Husum eine Familie gegründet. Ich denke, wir sollten ihnen schnellstmöglich einen Besuch abstatten.«

»Macht das«, entscheidet Thomsen. »Jasper, du bleibst an Erik Kühn dran . . .«

»Ich habe hier seine Nummer und seine Adresse«, unterbricht Sophie und zieht den Notizzettel aus ihrer Tasche.

»Nicht nötig«, erwidert ihr Kollege, »haben wir längst rausgefunden. Aber der Kerl geht nicht ans Telefon.«

»Versuch es einfach weiter«, befiehlt Thomsen, »irgendwann wird er schon abheben.«

»Ich kann auch hinfahren«, bietet Jasper an. »Vielleicht hat er einen Job, bei dem er tagsüber schläft?«

»Nein. Du bleibst an deinem Schreibtisch. Ich möchte, dass jemand hier vor Ort ist, falls wir einen Einsatz organisieren müssen.«
»Und du, Chef?«, will Svenja nun wissen.
»Ich muss den Petersen an unserem Wissensstand teilhaben lassen, der hat mich heute schon drei Mal angerufen.«

***

»Der arme Jasper kann einem ganz schön leidtun – sitzt bei diesem schönen Wetter im Büro fest«, bedauert Svenja ihren Kollegen, während sie den Dienstwagen auf dem Weg zu den Timmermans gekonnt durch die engen Gassen lenkt.
Sophie will etwas erwidern, doch das elektronische Möwengekreisch, das nun den Wagen füllt, teilt ihr einen dienstlichen Anruf mit.
»Meerkatz.«
»Hier Hinrichs.«
»Äh . . .« Die junge weibliche Stimme, die sich anhört, als ob sie die ganze Welt satthätte, klingt so gar nicht nach Jaspers Mutti.
»Von der Express-Reinigung Friedrichsen.«
»Ach ja, richtig«, erwidert Sophie, die sich nun wieder an die zufällige Namensgleichheit erinnert. »Was gibts?«
»Er ist jetzt da.«
»Wer?«

»Na, der Typ, der den Smoking abholen will.«

»Ah . . . super. Halten Sie ihn hin. Wir sind ganz in der Nähe, dauert keine zwei Minuten.«

»Okay.«

Sophie wirft ihrer Kollegin einen triumphierenden Blick zu. »Läuft heute.«

Mangels eines freien Parkplatzes parkt Svenja das Dienstauto in zweiter Spur. Völlig unbeeindruckt von der Fahrzeugschlange, die sich hinter ihnen bildet, stürmen die beiden Ermittlerinnen in die Reinigung. Als Sophie den Mann erblickt, der dort mit miesepetrigem Gesichtsausdruck auf seinen Anzug wartet, stoppt sie so abrupt, dass ihre Kollegin aufläuft.

»Was machst *du* hier?«, fragt sie argwöhnisch und reibt sich die Schulter, gegen die Svenja gestoßen ist.

Dr. Aiko Emmermann verzieht das Gesicht.

»Meinen Smoking abholen. Aber die junge Dame hier«, er wirft der Angestellten einen finsteren Seitenblick zu, »braucht eine Ewigkeit, um ihn zu finden.«

»Weil er nicht mehr hier ist. Dieser Anzug beschäftigt die KTU!«, flucht Sophie. »Mann, ich fass es nicht! Warst du so dämlich und hast die Quittung am Tatort ausgestreut?«

»Nennst du mich gerade dämlich?«

»War das vielleicht klug? Umsichtig? Professionell? Hast du eine Ahnung, wie viele Ressourcen dieser Anzug bei der KTU bindet, weil die den dort auf alle möglichen Spuren testen müssen?«

»Und wieso sagt mir keiner was?«

»Ja, wie denn? Auf der Quittung stand doch bloß 'ne Nummer und kein Name!«

Die beiden stehen einander nun wutschnaubend gegenüber. Svenja und Frauke Hinrichs lehnen in sicherem Abstand am Tresen und verfolgen gebannt die verbalen Attacken, die hin- und herfliegen wie die Bälle auf dem Center-Court.

»Ich geh jetzt«, blafft Emmermann plötzlich und rauscht davon.

Sophie stapft ihm kopfschüttelnd hinterher.

»Danke für den Anruf«, verabschiedet sich Svenja von der jungen Angestellten.

»Immer gerne«, antwortet jene mit einem breiten Grinsen und lässt eine Kaugummiblase platzen.

38

»Ich bin ganz schön nervös«, gesteht Inka, als sie durch den Vorgarten gehen. An der Haustür angekommen, zieht sie nur zögerlich den Schlüssel aus der Tasche.
»Bist du sicher, dass deine Mutter überhaupt zu Hause ist?«, fragt Tessa.
»Ja. Freitag ist ihr Homeworking-Tag. Papa kommt meistens früher heim und sie kochen gemeinsam.«
»Okay, dann los. Lüften wir das Geheimnis.«
Doch Inka bewegt sich nicht vom Fleck.
»Sollten wir nicht doch zuerst mit deiner Mutter sprechen? Immerhin war es ihr Brief, den wir heimlich gelesen haben.«
»Das können wir ohnehin nicht mehr ungeschehen machen«, erwidert Tessa schuldbewusst. »Aber der Brief an deine Mutter ist noch unversehrt. Außerdem sind wir schon hier. Also geben wir ihn ihr.«
»Okay.«
Inka sperrt auf und sie betreten den großzügigen Vorraum.
»Moin«, rufen sie in Richtung Küche.
»Moin Mädchen!« Merle Timmerman kommt ihnen strahlend entgegen und umarmt sie beide. »Wir

experimentieren heute mit Spargel. Wollt ihr mitmachen?«

»Mama, alle anderen Menschen nennen das *kochen*«, antwortet Inka ein wenig peinlich berührt.

»Dann eben kochen. Erdbeeren haben wir auch. Denkt ihr, es existiert ein Gericht, in dem Spargel und Erdbeeren sich geschmacklich ergänzen?«

Ihre Tochter verdreht die Augen.

»Wir haben einen Brief für dich, Mama.«

»Einen Brief? Für mich?«

»Ja, wir haben ihn beim Übersiedeln gefunden«, erklärt nun Tessa. »Mein Vater hat ihn geschrieben. Schon viele Jahre vor seinem Tod.«

»Ach.« Merle nimmt die Jugendliche tröstend in die Arme. »Du bist noch viel zu jung, um deinen Vater zu verlieren.«

Inka hält ihr nun das zartrosa Kuvert hin und sie nimmt es neugierig an sich.

»Warum schreibt er mir?«

»Das haben wir uns auch gefragt«, erklärt Tessa.

»Lies ihn«, verlangt Inka. »Bitte.«

»Ihr meint jetzt? Beim Kochen?«

»Ja. Er könnte wichtig sein.«

»Angeblich steht drinnen, warum mein Papa sterben musste«, ergänzt Tessa.

»Was? Wie kommt ihr denn darauf?« Merle sieht plötzlich sehr besorgt drein.

»Jetzt mach ihn auf«, drängt ihre Tochter. »Bitte.«

»Okay.«

Die Mutter wäscht sich die Hände und trocknet sie sorgfältig ab, bevor sie das kleine Kuvert mit einem scharfen Messer aufschlitzt und ein doppelt gefaltetes Blatt Papier herauszieht.

»*Liebe Merle . . .*«, murmelt sie, doch schon bald verschließen sich ihre Lippen, während ihre Augen voller Entsetzen über das Papier huschen. Jegliche Farbe verschwindet aus ihrem sonst so rosigem Gesicht.

Schließlich sinkt sie auf einen Küchenstuhl.

»Was steht da drin, Mama?«

Die Tochter greift nach dem Blatt, doch Merle entzieht es ihr. Sie knüllt das Papier in ihrer Faust zusammen.

»Tessa, lass uns bitte allein.«

»Warum soll Tessa jetzt gehen? Es geht doch um ihren Vater . . .?«, begehrt Inka auf.

»Tessa, lass uns allein«, wiederholt Merle ihre Bitte und dieses Mal klingt es wie ein Befehl.

»Okay.«

Unwillig fügt sich das Mädchen, das nicht damit gerechnet hatte, auf diese Weise vom Geschehen ausgeschlossen zu werden.

»Mama, bitte sag endlich, was in diesem Brief steht«, fleht Inka, kaum dass sie allein sind.

Doch ihre Mutter denkt nicht daran.

»Jetzt nicht. Wir müssen hier sofort weg.«

»Wie sofort?«

»Jetzt. Ich meine *jetzt sofort.*«

»Aber Papa kommt doch jeden Moment«, hält ihre Tochter dagegen. »Sollten wir nicht auf ihn warten?«

»Nein.« Merle greift sich an die Brust. Ihr Herz schlägt nun so wild, dass sie mit dem Atmen kaum noch hinterherkommt. Sie fasst die Tochter so fest am Arm, dass diese aufschreit. »Wir dürfen nicht warten. Wir müssen sofort los. Hol deinen Pass.«

»Aber . . .«

Als plötzlich von der Eingangstür her ein Schlüsselgeräusch zu vernehmen ist, erstarrt sie mitten in der Bewegung. Unfähig zu denken, steht sie wie versteinert in dieser Küche, die sich plötzlich zu drehen beginnt. Sie möchte mit ihrer Tochter auf- und davonlaufen, doch ihre Beine versagen ihr den Dienst.

39

Wieder zurück im Dienstwagen, mit Kurs Richtung Familie Timmerman, wählt Sophie die Nummer von Tjark Frerichs, dem Leiter der KTU.

»Was denn noch?«, stöhnt jener zur Begrüßung ins Telefon. »Quält ihr mich jetzt abwechselnd, du und der Rüde?«

»Nee. Ich wollte bloß Entwarnung geben – wegen des Smokings.«

»Was heißt Entwarnung?«

»Ihr könnt alle Arbeiten daran einstellen. Er gehört dem Emmermann.«

»Dem Leichenbeschauer? Nee, oder?«

»Doch. Er hat die Quittung unabsichtlich ausgestreut.«

»Ist das zu fassen!«, tobt Frerichs. »Denkt der, wir haben sonst nichts zu tun? Na warte, der soll sich seinen Anzug höchstpersönlich bei mir abholen!«

Nachdem Sophie wieder aufgelegt hat, lacht Svenja frei heraus.

»Du findest das witzig?«

»Und wie. Ich hab mir vorhin schon beinahe in die Hose gepieselt, als du dich mit dem Emmermann in der

Reinigung gefetzt hast. Du hättest euch beide sehen müssen – das war, wie wenn 'ne Löwin 'ne Hyäne umkreist!«

»Danke für dieses Bild.« Sophie muss nun auch schmunzeln, während sie die Umgebung genau unter die Lupe nimmt. »Ich denke, da vorne sind wir richtig.«

Svenja nickt und parkt das Auto vor einem adretten, dunkelroten Backsteinhaus.

»Sie haben übrigens zwei Kinder. Joon und Inka, neunzehn und siebzehn Jahre alt.«

Sophie wirft einen Blick in die Mitschrift, die sie bei Anna Behrens angefertigt hat.

»Stimmt, und jene Inka geht mit Annas Tochter Tessa in dieselbe Klasse. Das hat mir Anna schon erzählt.«

***

»Wir sind von der Kripo Husum, bist du Inka?«, spricht Svenja die Jugendliche mit den dunklen Locken an, die im Vorgarten auf einem großen Stein lümmelt und ins Leere starrt.

»Nein. Ich bin Tessa, Inkas Freundin.«

»Die Tochter von Anna Behrens?«

»Ja genau, woher wissen Sie das?« Tessa blickt nun interessiert auf.

»Wir haben vorhin mit deiner Mutter gesprochen.«

»Über den Tod meines Vaters?«

»Ja, und auch über den von Bolke Hansen«, erklärt

Sophie.

»Aha.«

»Der Name sagt dir etwas?«

»Äh ... nein ... ich weiß nicht«, stottert Tessa plötzlich und starrt an den Ermittlerinnen vorbei durchs offene Küchenfenster in das Haus ihrer Freundin.

»Er hat eine Waffe«, flüstert sie und Sophie folgt alarmiert ihrem Blick. Was sie in der Küche der Familie Timmerman erblickt, lässt ihren Puls in der Sekunde hochschnellen.

»Bring das Mädchen weg und ruf Verstärkung«, zischt sie Svenja zu, bevor sie sich näher an das Haus heranpirscht.

»Lass doch wenigstens die Inka laufen«, fleht eine Frauenstimme im Inneren.

Sophie hat nun das Fenster erreicht und erkennt einen Mann, der mit dem Rücken zu ihr steht und eine blasse, blonde Frau mit einer Pistole bedroht.

»Denkst du denn, ich würde ihr etwas antun?«, schreit er zutiefst empört. »Die Tür ist nicht versperrt. Inka, du kannst jederzeit gehen.«

Doch das Mädchen mit den langen blonden Haaren hockt wie gelähmt an der Wand und rührt sich nicht.

»Ich weiß doch nicht mehr, was ich denken soll!«, schluchzt die Frau, die Sophie auf ungefähr vierzig Jahre schätzt. Sie hält sich schützend ihre Hände vors Gesicht.

»Melli, bitte glaub mir doch. Ich werde auch dir nichts tun, ich habe dich doch mein ganzes Leben bloß geliebt«, versichert der Mann eindringlich und seine Stimme hat nun einen warmen, weichen Klang – obwohl oder gerade weil sie so verzweifelt klingt.

»Warum zielst du dann mit einer Waffe auf mich?«
»Weiß ich nicht. Du hast recht. Das ist bescheuert. Total. Guck, ich werf sie aus dem Fenster. Okay?«

Tatsächlich kracht kurz darauf eine Walther PPK auf dem Steinboden neben Sophie auf. Sie angelt danach und entlädt sie, bevor sie die Pistole in die Jackentasche steckt.

Dann holt sie tief Luft und stößt die Haustür auf.

40

Freitagmittag treffen wir mit unseren gut gefüllten Rucksäcken an Bord ein.

Der Segeltrip soll das gesamte Wochenende andauern.

Nach dem Abendessen ist der große Moment geplant, danach soll durchgefeiert werden bis zum Sonntag.

Ich bin der Letzte, der die Santana betritt. Melli begrüßt mich strahlend mit einer herzlichen Umarmung. Auch ihre Freundin Anna lächelt mir gut gelaunt zu. Das Grinsen von Erik und Sander, Bolkes Freunden, kann ich bestenfalls als abschätzig bezeichnen.

Die Segeljacht ist groß genug für sechs Leute, sie hat hinten dran sogar ein winziges Beiboot mit Rudern, für den Fall, dass wir kurze Strecken vom Ankerplatz zum Ufer zurücklegen müssen. Heute bleibt es allerdings ungenutzt, da die Santana direkt am Steg anliegt. Ein Glücksfall, da die Kästen mit Bier und die Säcke mit Lebensmittel sich so leichter aufs Boot schaffen lassen.

Zu meiner Freude hat Anna bereits im Vorfeld angekündigt, einen Eintopf zu kochen. Dieser Eintopf ist meine Chance. Ich weiß, was hinein muss und ich habe es bei mir.

In einem ersten Schritt versorge ich Anna während des Kochens so ausgiebig mit leckeren Drinks, dass ihr gar nichts

anderes übrig bleibt, als 'ne Pipipause einzulegen.
Klar rühre ich weiter. Genau darauf hatte ich es schließlich angelegt. Die besondere Zutat ist schnell hinzugefügt. Die Wirkung wird nicht allzu lange auf sich warten lassen.
Als das Essen endlich in die Schüsseln geschöpft wird, ist kaum noch jemand nüchtern.
Außer mir natürlich. Aber ich gebe mich so leutselig wie möglich, um nicht aufzufallen.
Nach dem Essen greift der Affenarsch erwartungsgemäß zur Gitarre.
Nobody loves you . . .
so true . . .
like I do . . .
Am liebsten würde ich sämtliche Stäbchen in meinem Innenohr einziehen, sodass sie keinen einzigen Ton mehr aufnehmen können. Stattdessen singe ich lauthals mit, wie der Rest der Meute.
Nicht auffallen ist die Devise des Abends. Melli strahlt und ihre glücklich leuchtenden Augen lassen mich die Wartezeit bis zur Erlösung überstehen.
Die Tage werden kommen, an denen sie MICH mit solch glücklichen Augen anlächeln wird.
Schon bald.
Doch noch ist es nicht so weit.
Der Ring erfüllt seinen Zweck.
Ein unter Tränen gehauchtes "Ja, ich will", mit nachfolgendem Jubel. Dazu ein Kuss, der das trügerische Glück besiegelt. Noch denkt der Affenarsch, dass sein Leben gerade beginnt.
Der Erste, Erik, kotzt eine halbe Stunde später. Über die Reling, wofür ihm alle dankbar sind. Er schiebt es auf den Alkohol und die Wellen. Die Müdigkeit, die auf das Erbrechen folgt, nimmt er dankbar an und verkriecht sich in eine Koje.

Melli und Anna sind die nächsten, denen übel wird. Ich begleite sie an Deck, halte Händchen, während sie sich erbrechen, und überzeuge sie, sich anschließend ein wenig auszuruhen.

Unter Deck ist die Stimmung mittlerweile gedrückt, die Gitarrenklänge verebbt, die singenden Münder geschlossen. Der Affenarsch benötigt Unterstützung bei der Takelung. Nachdem sein bester Freund bereits ausgefallen ist, biete ich meine Hilfe an und wir begeben uns gemeinsam an Deck.

Während er die Segel ausrichtet, mache ich mich unbemerkt am Beiboot zu schaffen.

Das Ruder in meinen Händen fühlt sich gut an.

Verheißungsvoll.

Schicksalsträchtig.

Das Geräusch, das es macht, als es seinen Hinterkopf trifft, empfinde ich als zutiefst befriedigend. Das Knacken des Schädelknochens ist das schönste Geräusch überhaupt in dieser schicksalsträchtigen Vollmondnacht.

Ich lasse das Paddel fallen und greife nach dem zusammengesackten Körper, der keinen Mucks mehr von sich gibt.

Mit einem Ruck versuche ich ihn über Bord zu werfen. Doch eine leblose menschliche Hülle ist wie ein schwerer Sandsack und ich muss kräftig nachtreten. Endlich klatscht der tote Leib im Wasser auf.

Ich blicke hinterher und sinke auf die Knie.

Erleichterung flutet meine Venen wie ein Lebenselixier.

Ich habe mich meinem Schicksal gestellt.

Die Herausforderung angenommen.

Mich würdig erwiesen.

Die Belohnung wird ganz von selbst kommen.

Nun muss ich bloß noch meine Spuren verwischen. Als Erstes gilt es, das Paddel zu reinigen und an seinem Platz zu verstauen. Doch als ich danach greife, bemerke ich den Stiefel, der darauf zu stehen gekommen ist. In ihm steckt ein Bein und sein Besitzer sieht grimmig auf mich herab.

41

Die Familie, die Sophie im Inneren des Hauses vorfindet, ist bis ins Innerste verstört. Die Tochter im Teenageralter hockt noch immer blass und zitternd an der Wand, während sich ihre Mutter in die Spüle übergibt.

Der Mann, der die beiden kurz zuvor noch mit einer Waffe bedroht hat, sitzt nun zusammengesunken auf einem Stuhl am Esstisch und starrt ins Leere.

Als er Sophie bemerkt, springt er auf. Doch es ist bloß ein letztes Aufflackern – ein flüchtiger Moment der Aggression. Er hat resigniert, das ist ihm anzusehen, als er auf seinen Stuhl zurücksinkt.

»Ich bin von der Kripo«, stellt sie klar. »Es ist jetzt vorbei.«

Jens Timmerman reagiert nicht darauf. Völlig in sich versunken starrt er auf seine Beine hinunter.

Seine Frau wischt sich mit einem Küchentuch das Gesicht sauber und geht auf ihn zu. In ihren Augen spiegelt sich blanke Fassungslosigkeit.

»Wie konntest du das nur tun?«

Er hebt den Kopf. Nur ein kleines Stück. Als ob er es nicht wagen würde, ihr in die Augen zu sehen.

»Das musste ich doch«, flüstert er. »Du und ich, das war vom Schicksal so bestimmt. Unsere Familie, Joon und Inka, das war es doch wert. Das ist doch alles, was zählt.«

Das Küchentuch fällt Merle aus der Hand.

»Nein, ist es nicht«, sagt sie mit tonloser Stimme, die kaum hörbar ist.

Plötzlich geht ein Ruck durch den großen verzweifelten Mann und er steht auf.

Sophie legt in Alarmbereitschaft ihre Hand an die Waffe. Doch der blonde Hüne bleibt mit hängenden Schultern vor seiner Frau stehen und sieht sie mit traurigen Augen an.

»Es schmerzt sehr, dass du es so siehst. Dann bleibt mir nur noch, *Danke* zu sagen. *Danke für zwanzig wundervolle Jahre.* Diese Jahre mit dir und den Kindern waren das größte Geschenk des Universums und ich habe jede Minute davon genossen. Und Inka...«, er blickt nun seine Tochter an, »du bist die Krönung unserer Liebe. Deine Existenz ist die Bestätigung des Schicksals, der Beweis, dass wir kosmisch gesehen zusammengehören. Die Zeit, die ich mit euch verbringen durfte, ist nun abgelaufen, in meinem Herzen wird sie aber ewig weitergehen.«

Er wendet sich nun Sophie zu.

»Ich habe alles getan, um meine Familie zu behalten und zu beschützen, aber ich wollte meiner geliebten Frau und meiner Tochter nie wehtun. Und ich werde auch heute nicht damit beginnen. Ich habe verloren. Sie können mich jetzt verhaften.«

Er streckt seine Arme vor.

Sophie legt ihm schweigend Handschellen an und macht eine Geste, die ihm bedeutet, nun das Haus zu verlassen.

Jens Timmerman fügt sich ohne ein weiteres Wort ihrem Willen und tritt vor die Tür.

Draußen ist mittlerweile die Hölle los. Der Hauptkommissar hat ganze Arbeit geleistet – mehrere Einsatzwagen mit Blaulicht und zwei Ambulanzwagen prägen das Straßenbild.

»Zugriff!«, brüllt jemand und schwarz gekleidete Beamte mit Helmen stürmen den Vorgarten. In wenigen Sekunden liegt der große blonde Mann auf dem Boden. Die beinahe gespenstig stille Szenerie, die entstand, als er sich selbst auslieferte, hat nun einem Chaos aus Lärm und Gewalt Platz gemacht.

Sophie läuft ins Haus zurück, schließt die Tür und zieht sämtliche Vorhänge an den Fenstern zu, um Merle und ihrer Tochter die Szenen, die sich in ihrem Vorgarten abspielen, zu ersparen.

Dann wählt sie die Nummer ihres Chefs.

»Meerkatz?«, brüllt Thomsen ins Telefon. »Alles okay bei euch im Haus? Gibt es eine weitere Bedrohung?«

»Nein. Hier ist alles sicher. Allerdings sind die Ehefrau und die Tochter traumatisiert. Psychologische Unterstützung würde uns guttun.«

42

Svenja hat Tee gekocht und versucht nun Inka zu überreden, welchen zu trinken. Die Ärztin, die Merle ein leichtes Beruhigungsmittel gespritzt hat, packt gerade ihre Tasche zusammen, als die Psychologin eintrifft. Sie schafft es mit ihrer herzlichen Ausstrahlung, Mutter und Tochter an den großen Esstisch im Wohnzimmer zu bringen.

»Was genau ist hier eigentlich los?«, will Sophie nun von Frau Timmerman wissen. Wortlos reicht ihr jene einen zusammengeknüllten Zettel.

Sophie streicht ihn auf dem Esstisch glatt, bis die Zeilen wieder leserlich sind.

Liebe Melli,
wenn du diesen Brief in Händen hältst, bin ich vermutlich tot. Und wenn du ihn zu Ende gelesen hast, wird nichts je wieder so sein, wie es war.

Dein Leben – deine Familie – basiert auf einer einzigen Lüge. Einer Lüge und einem Verbrechen. Inszeniert und begangen von dem Menschen, den du für einen liebenden Ehemann und Vater hältst.

Meine Rolle in dieser Geschichte ist auch unrühmlich. Aber ich war eben immer schon ein Opportunist. Ein Opportunist mit Spielschulden, muss ich gestehen.

Das ist auch der Grund, warum dein Leben so verlaufen ist, wie es verlaufen ist.

Jeder andere hätte dich davor bewahrt. Ich hingegen habe daran verdient.

Diese schonungslose Ehrlichkeit kann ich mir als Toter jetzt leisten.

Ich habe mich entschieden, ein Geheimnis zu bewahren, für das ich jede Menge Geld kassiere, anstatt für die Offenlegung und Bestrafung desjenigen einzutreten, der ein Verbrechen an deiner Liebe und an deinem Leben begangen hat.

Doch genug drumherum geredet, jetzt ist Klartext angesagt:

Jens hat in jener Nacht auf dem Boot Bolke umgebracht. Er hat ihm ein Paddel über den Schädel gezogen und ihn im Meer versenkt.

Ich habe es gesehen, und ich habe auch das Paddel als Beweis in meinem Besitz.

Es war schon irgendwie Ironie des Schicksals, dass du dann ausgerechnet den Mörder deiner großen Liebe geheiratet hast. Auf eurer Hochzeit gab es einen Moment, wo ich gerne gesprochen hätte, um dich vor diesem Schritt zu bewahren und der Gerechtigkeit ihren Lauf zu lassen. Aber diesen Moment habe ich aus Feigheit verpasst. Oder aus Bequemlichkeit. So war ich eben.

Ich würde dir gerne sagen, dass es mir leidtut, aber das wäre gelogen, denn, von ein paar Gewissensbissen abgesehen, habe ich mein Leben sehr genossen.

Sander

Sophie lässt das Blatt sinken. Für einen Moment fehlen ihr schlichtweg die Worte. Kein Wunder, dass diese Frau so völlig neben der Spur ist. Sie reicht den

Brief an die Psychologin weiter und streicht tröstend über Merles eiskalte Hände.

»Wie soll ich das bloß Joon sagen?« Ihre Stimme ist kaum lauter als ein Flüstern.

»Wo ist Ihr Sohn jetzt?«, will Sophie wissen.

»Er studiert in Hamburg. An der Hochschule für Musik und Theater. Gitarre und Gesang.«

»Dann rufen Sie ihn an. Wir können ihn herbringen lassen.«

»Aber . . . was, wenn er nun gerade glücklich ist, und das nie wieder sein wird? Ich kann ihm nicht sagen, was geschehen ist, er liebt seinen Vater, ich meine Jens . . . seinen richtigen Vater hat er ja nie kennengelernt.«

»Was soll das heißen?«, geht Inka dazwischen. »Was meinst du mit *seinem richtigen Vater*?«

Es sind die ersten Worte, die das Mädchen spricht. Augenscheinlich ist sie aus ihrer Schockstarre erwacht.

Statt einer Erklärung steht ihre Mutter auf, geht ins Nebenzimmer und kehrt mit einer kleinen Holzkiste zurück. Sie öffnet sie und nimmt einen wunderschönen, mit einem großen Brillanten besetzten Ring heraus.

»Das war mein Verlobungsring. Den hat Bolke mir an den Finger gesteckt. In derselben Nacht, in der er von Jens ermordet wurde, wie ich nun weiß.« Sie zieht ihren Ehering ab und steckt stattdessen den Brillantring an. Zart streicht sie darüber, während die Tränen nur so über ihre Wangen kullern.

»Was ist noch in dem Kistchen?«, fragt Sophie.

»Bloß der Schwangerschaftstest«, schluchzt Merle. »Ich habe ihn aufgehoben, weil ich ihn ebenfalls an jenem Abend gemacht habe. Joon war bereits ein Teil von mir, als Bolke mich bat, seine Frau zu werden . . . mein Sohn ist alles, was mir von meiner großen Lieben geblieben ist . . .«

»Ach, ist das so?«

Inka springt von ihrem Stuhl hoch und tritt vor ihre Mutter.

»Und was bin ich? Bloß das Kind des Mörders? Eine boshafte Laune der Natur, die dich ewig daran erinnern wird, welch billigen Ersatz du für die Liebe deines Lebens bekommen hast?«, schleudert sie ihrer Mutter ins Gesicht.

»Aber nein, Liebes«, stottert Merle völlig verdattert. »Du kannst doch nichts dafür . . . natürlich liebe ich dich auch weiterhin . . .«

»Vielen Dank«, kommt es zynisch zurück. »Aber kannst du das auch, wenn ich mich von Papa nicht abwende, so wie du das machst? Wenn ich in ihm nicht bloß das Monster sehe? Sondern meinen Vater. Der immer für mich da war. Jeden einzelnen Tag. Und den ich von ganzem Herzen lieb habe.«

Nach diesem Gefühlsausbruch fließen auch bei Inka die Tränen und sie stürmt aufgelöst aus dem Raum. Svenja und die Psychologin folgen ihr, während Merle ihrer Tochter bloß geschockt hinterher sieht.

Sophie legt der vom Schicksal hart geprüften Frau einfühlsam die Hand auf den Unterarm.

»Wir rufen jetzt Ihren Sohn an. Wollen Sie mit ihm sprechen, oder soll ich das übernehmen?«

43

Die Dämmerung bricht bereits herein, als sich Sophie, Jasper und Svenja in der Personalküche treffen.

»Was für ein Tag«, stöhnt Svenja, während sie die Kaffeemaschine vollfüllt.

»Und er ist noch nicht zu Ende«, pflichtet ihr Jasper bei.

»Aber das Schlimmste haben wir geschafft. Der Fall ist gelöst und der Täter verhaftet – zudem noch voll geständig«, meint Sophie.

»Stimmt ja, trotzdem fühle ich mich so richtig geplättet«, erklärt Jasper. »Vielleicht, weil ich im Kopf nicht loslassen kann.«

»Das geht mir genauso«, erwidert Svenja, während sie sehnsüchtig zusieht, wie der Kaffee durch die Maschine läuft. »Diese Frau war zwanzig Jahre lang freiwillig mit dem Mörder ihrer großen Liebe zusammen. Das muss man sich mal vorstellen. So hinters Licht geführt zu werden, ist echt heftig.«

»Ja, und dabei dachte sie noch, dass es das Schicksal gut mit ihr meint, weil sie ihr Glück trotzdem gefunden hat«, ergänzt Sophie kopfschüttelnd.

»Das ist so gruselig. Sieh mal, ich hab richtig eine

Gänsehaut«, sagt Svenja und schiebt den Ärmel ihrer Bluse bis zum Ellbogen hoch.

»Die Kinder tun mir am meisten leid«, meint Jasper. »Besonders die Tochter. Ist sicher nicht leicht für eine Jugendliche, mit so einer Situation klarzukommen.«

Sophie nickt zustimmend. »Da wartet noch viel Arbeit auf die Psychologin. Spannend fand ich auch, wie Joon Timmerman reagierte. Merle befürchtete, für ihren Sohn würde eine Welt zusammenbrechen, wenn er erfährt, dass sein leiblicher Vater ein ganz anderer war, und der, den er dafür gehalten hat, nun als sein Mörder verhaftet wurde. Und dann wollte der bloß wissen, wann er seinen Papa im Gefängnis besuchen kann.«

»Stimmt. Dieses Telefonat war voll schräg«, erinnert sich Svenja. »Die Mutter dachte erst, er hätte sie nicht verstanden. Sie sagte, *Joon, hör zu, er ist nicht dein Vater, er hat deinen Vater getötet.* Und der Junge sagte bloß: *Er ist der einzige Vater, den ich kenne und den ich liebe. Ich werde immer zu ihm halten.*«

»Ich kann schon verstehen, dass die arme Frau daraufhin völlig zusammengebrochen ist«, meint Jasper mitfühlend. »Immerhin sind ihre Kinder alles, was ihr geblieben ist. Und die lieben den Mann, den sie nun abgrundtief hasst.«

»Ich bin auch ein Papakind«, sagt Svenja plötzlich. »Natürlich liebe ich auch meine Mama, aber mein Papa hat einen ganz besonderen Platz in meinem Herzen. Also ich weiß nicht, ob ich mit ihm jemals brechen könnte...«

Es wird still im Großraum, weil jeder nun seinen eigenen Gedanken nachhängt, bis Maike im Türrahmen auftaucht.

»Huhu, was ist denn hier los? Seht mal, ich habe euch etwas mitgebracht.«

»Käsekuchen!« Jaspers Augen beginnen zu leuchten.

»Zum Kaffee! Du hast aber auch ein Gespür für den richtigen Zeitpunkt«, freut sich Svenja.

»Ja . . . manchmal schon«, erwidert Maike betont zweideutig und wirft Sophie einen schnellen Seitenblick zu.

Doch die lässt sich davon nicht beirren und greift genauso tüchtig zu wie die anderen.

Während Svenja Kaffee einschenkt, räumt Jasper seinen Schreibtisch frei, sodass sie sich darum gruppieren können. Als alle mampfen, wird es wieder ruhig und so hört man ein lautes Stapfen näherkommen.

Kurz darauf schiebt sich Dr. Aiko Emmermann durch die Glastür. Mit einer Laune, als hätte ihm eben auf dem Parkplatz eine Dampfwalze seinen geliebten BMW glatt gebügelt.

Anklagend streckt er eine Plastiktüte in Sophies Richtung.

»Was ist das?«, will sie wissen und lugt neugierig hinein. Außer vielen kleinen Stoffschnipsel kann sie nichts erkennen.

»Mein Smoking. Oder besser gesagt: Das war er. Und so habe ich ihn zurückbekommen«, knurrt er.

»Tja, die mussten Teile für die Tests herausschneiden«, kommentiert Sophie und presst anschließend fest die Lippen aufeinander, um nicht laut herauszulachen.

»Soll ich die Mutti fragen, ob sie ihn dir wieder zusammennäht?«, fragt Jasper, der das ganze Ausmaß noch nicht erkannt hat.

»Dafür bräuchte sie wohl eher einen Webstuhl«, meint Sophie nun glucksend, was ihr einen wütenden Blick vonseiten des Arztes einbringt.

»So schlimm?« Svenja guckt nun ebenfalls in die Tüte.

Die Art, wie sie anschließend die Augen aufreißt, sagt schon alles.

»Und was soll ich nun zur Hochzeit anziehen?«, beschwert sich Emmermann und sieht Maike mitleidheischend an.

»Hattest du bloß diesen einen Smoking?«, fragt sie mitfühlend.

»Wie viele Smokings hat denn der Rüde?«

»Stimmt. Auch bloß einen. Aber vielleicht kannst du einen leihen?« Hilfsbereit zieht Maike ihr Handy aus der Handtasche und sucht nach entsprechenden Geschäften. »Ach nee, für heute ist's schon viel zu spät, die öffnen alle erst wieder morgen Vormittag. Da werden wir bereits getraut.«

»Siehste, ich bin am Arsch«, grollt Emmermann.

Sophie kritzelt eine Telefonnummer auf ein Blatt Papier.

»Du kannst Taako anrufen. Er hat einen Freund, der ein Herrenmodengeschäft besitzt. Der sperrt vielleicht für einen Notfall heute noch mal auf.«

»Was denn für ein Notfall?«

Thomsen stößt gut gelaunt zu seinem Team.

Sein Segelkamerad hält ihm wortlos die offene Tüte hin.

»Aha. Ich weiß nicht, was das für Stoffschnipsel sind, aber ich muss dir sagen, dein Smoking hat mich gerade 'nen Kasten Bier gekostet.«

»Was? Heißt das, du hast diesen Frerichs auch noch

belohnt dafür, dass er . . .?«

Sophie beißt sich nun auf die Lippen, um nicht durch lautes Herauslachen neuerlich negativ aufzufallen. Das Bild, das sich ihr bietet, ist aber auch zu köstlich. Hilflos wie ein begossener Pudel steht der Leichenbeschauer mitten im Raum – empört und zutiefst verletzt, weil sein bester Freund ihn schändlichst im Stich gelassen hat.

»Musste ich doch«, erklärt Thomsen ungerührt und zwinkert seinem Team belustigt zu. »Sonst lässt er beim nächsten Fall unsere Beweise 'nen Tag länger liegen als nötig . . .«

»Wie ist das nun mit der Pressekonferenz?«, unterbricht Maike, deren größte Sorge es ist, dass selbige bereits morgen und womöglich zeitgleich mit der Trauung stattfindet.

Thomsen winkt ab. »Keine Sorge, Liebling. Es ist mir gelungen, alle davon zu überzeugen, dass Montag der beste Tag dafür ist.«

»Oh Bärchen, das ist wunderbar.« Sie umarmt ihren Geliebten spontan und küsst ihn leidenschaftlich. »Und jetzt nimm dir mal 'n großes Stück Käsekuchen.«

44

»Du hättest den Emmermann heute sehen müssen – mit seiner Tüte voller Stoffschnipsel. Er wusste echt nicht, ob er weinen oder fluchen sollte«, sagt Sophie lachend ins Telefon. »Als ihm dann der Rüde noch erklärte, dass er dafür 'nen Kasten Bier gesponsert hat, wars endgültig um ihn geschehen. Ich glaube, ohne Therapie geht da nichts mehr.«

Auch ihre Freundin Alex kichert nun. »Weidest du dich gerade am Unglück eines anderen?«

»Ja. Ich geb's zu. Ich kann nicht anders.«

»Ihr habt viel Spaß da oben im Norden, das muss man euch lassen!«

»Ja, manchmal schon.« Sophie wischt sich die Lachtränen aus den Augen. Dann wird sie wieder ernst. »Aber auch jede Menge Tragik. Die Psychologin, die nun die Familie des Strandkorbmörders emotional auffangen soll, hat alle Hände voll zu tun.«

»Wenn ich das richtig verstanden habe, hat dieser Täter sogar zweimal gemordet«, resümiert Alex.

»Richtig. Das erste Mal vor zwanzig Jahren, um als guter Freund und Tröster seine Auserwählte für sich zu gewinnen und letzte Woche, weil er seinen Erpresser nicht mehr bezahlen konnte.«

»Er wurde zwanzig Jahre lang erpresst?«

»Scheint so. Jens Timmerman hat ein umfassendes Geständnis abgelegt, wonach Sander Olsen ihn bei dem Mord an Bolke Hansen ertappt und ihm seither immer mehr und mehr Geld abgepresst hat. Das ging viele Jahre gut, weil Timmerman als selbstständiger Programmierer sehr gut verdiente und Sanders Forderungen immer nachkommen konnte . . .«

»Warum hat er ihn dann umgebracht?«

»Weil dieser Sander ein Fass ohne Boden war – ein Spieler, wie er im Buche steht. Er hatte über die letzten Jahre trotz aller Zuschüsse einen Schuldenberg von dreihunderttausend Euro angehäuft. Als er verlangte, dass Timmerman diesen Betrag übernimmt, sind ihm die Sicherungen durchgebrannt.«

»Und das Messer hatte er rein zufällig dabei?«, fragt Alex mit unüberhörbarer Skepsis.

»Darauf haben wir ihn auch angesprochen. Er sagte, dieses Messer hätte er bei jedem einzelnen Treffen in all den zwanzig Jahren dabei gehabt, es vorher aber nie zum Einsatz gebracht. Erst als Sander etwas verlangte, das er beim besten Willen nicht mehr erfüllen konnte, kam es zu diesem finalen Schritt«.

»Und der Einbruch – ins Haus des Opfers? War das auch Timmerman? Woher wusste er von diesem Brief?«

»Ja, Sander hat im Sterben noch über seine *Lebensversicherung* gesprochen und damit geprahlt, Timmerman nun mit ins Verderben zu reißen.«

»Ein wirklich hässlicher Fall . . .«

»Du sagst es – aus der Sicht seiner Familie steht kein Stein mehr auf dem anderen. Jeder von denen ist irgendwie anders betroffen, verletzt oder verstört.«

»Ja, das liegt meistens in der Natur dieser Verbrechen im Familien- und Freundeskreis, dass die Angehörigen ganz schwer damit klarkommen. Manchmal ist es so schlimm, dass ein Fall sogar mich als Rechtsmedizinerin verstört«, gesteht Alex.

»Geht mir auch so. Da bleibt so einiges in meinem Kopf hängen, das ich nicht mehr loswerde.«

»Hoffentlich insgesamt mehr Gutes als Schlechtes«, versucht Alex die Stimmung wieder aufzulockern.

»Ja, Gutes und Schlechtes, Witziges und Tragisches. Eine bunte Mischung, würde ich sagen. Immer schön abwechselnd. Mal sehen, in welche Kategorie die Hochzeit morgen fällt«, unkt Sophie.

»Die deines Grummelchefs? Könnte da denn etwas schiefgehen?«

»Hmm, mal überlegen . . . sein Trauzeuge hat noch keinen Smoking, und er hat vor, seiner Braut ein selbst gedichtetes Ständchen zu singen . . .«

»Oh, das ist aber ganz schön romantisch.«

»Das sagst du bloß, weil du den Text noch nicht kennst«, lästert Sophie und klemmt sich das Handy zwischen Ohr und Schulter, um den ungeduldig maunzenden Otello mit Futter zu versorgen.

»Die Lasche ist abgerissen«, beschwert sie sich kurz darauf bei ihrer Freundin, während sie der Dose nun mit dem Dosenöffner zu Leibe rückt.

»Ist wieder Fütterungszeit?«

»Ja.«

»Ist dein Kätzchen immer noch so jagdfaul?«

»Du musst nicht mehr Kätzchen sagen. Ich weiß, dass er langsam Ähnlichkeiten mit Garfield aufweist. Von den Streifen mal abgesehen«, gibt Sophie zu.

»Aber er sieht mich immer so dankbar an, wenn er

seine Schüssel bekommt. Glaub mir, so süßen Katzenaugen kann man nicht widerstehen.«

»Und doch verlässt du ihn schon bald wieder, nicht wahr?«, spöttelt Alex mit gespieltem Tadel in der Stimme. »Oder verbringst du den Abend heute zu Hause?«

»Nein. Die Investition in das versperrbare Zimmerschloss muss sich doch auszahlen!«, gibt Sophie amüsiert zu. »Wenn Otello gefüttert ist und Nils schläft, beginnt die schönste Zeit des Tages.«

*Ein Tropfen Liebe ist mehr
als ein Ozean Verstand*

Blaise Pascal

SAMSTAG

45

Das Landgut Evensbüll auf der Halbinsel Nordstrand ist festlich mit unzähligen Blumen geschmückt. Sonniges Gelb leuchtet mit strahlendem Orange um die Wette, und große, tiefrote Blüten verleihen der Pracht eine besondere Note.

Als Sophie mit Taako und Nils eintrifft, ist der Großteil der Gäste bereits versammelt und sie stellt überrascht fest, wie viele es sind. Der Rüde hat offenbar keine Kosten gescheut.

Bevor sie sich der Menschentraube nähern, hält Taako sie einen Augenblick lang fest.

»Du siehst wunderschön aus. Wirklich. Du überstrahlst alle. Ich bin sehr glücklich, an deiner Seite sein zu dürfen.«

Als Antwort gibt Sophie ihm einen so leidenschaftlichen Kuss, dass Nils zu kichern beginnt.

»Ihhh...«

Taako stupst ihn.

»Gewöhn dich dran! Das Brautpaar wird sich heute auch noch küssen.«

»Ihhh...«

»Vorsicht«, warnt Sophie den Kleinen. »Wer bei der

Hochzeitszeremonie *ihhh* macht, bekommt kein Eis hinterher.«

Unter den Gästen sind auch Kriminaldirektor Paulsen und Dienststellenleiter Petersen, die im Empfangsbereich nebeneinander stehen. Sophie nimmt die obligatorische Begrüßung zum Anlass, den beiden Vorgesetzten ihre neue kleine Familie vorzustellen.

»Kompliment«, lacht Paulsen. »Nach nur einem Jahr Dienstzeit schon einen vierjährigen Sohn, das muss Ihnen mal jemand nachmachen.«

Petersen sieht etwas verzwickt drein.

»Ich denke, ich geh noch schnell mal auf Toilette vorher. Wissen Sie, wo die ist?«

»Ich muss auch pipi.« Nils zupft Sophie am Kleid.

»Okay, meine Lieben«, erwidert sie schmunzelnd, »dann begeben wir uns mal auf die Suche nach der nächsten Pipibox. Noch jemand, der sich anschließen möchte?«

Sie sieht erst Kriminaldirektor Paulsen und dann Taako auffordernd an.

»Nee, ich halte lieber Ausschau nach 'nem Pils«, meint Paulsen. Er sieht auf die Uhr. »Oder meinen Sie, es ist noch zu früh?«

Sophie zieht es vor, nicht zu antworten. Innerlich schüttelt sie den Kopf. Es ist noch nicht mal zehn Uhr morgens, wie wird diese Hochzeitsgesellschaft abends aussehen?

Inmitten des prachtvoll geschmückten Gartens sind Stuhlreihen für die Zeremonie aufgebaut, die gut und gerne Platz für hundertzwanzig Gäste bieten. Alle wurden mit strahlend weißen Hussen überzogen und fein säuberlich beschriftet. Nach längerem Suchen findet die Meerkatz-Patchwork-Familie ihre Plätze in der vierten Reihe neben Svenja und ihrem Freund Okko.

Nach der Begrüßung sieht Sophie sich neugierig um. Beinahe alle Sitzreihen sind schon gefüllt. Der Rüde steht bereits vorn und winkt seinem Sohn und seiner kleinen Enkeltochter zu, die in der vordersten Reihe sitzen. Der Standesbeamte unterhält sich mit einer Frau in einem fliederfarbenen Kleid, die nervös auf die Uhr blickt.

»Wer ist das?«, flüstert Sophie Svenja zu.

»Maikes Schwester. Sie ist ihre Trauzeugin.«

»Ah . . .«, beginnt Sophie, schluckt aber weitere Fragen hinunter, da nun der Standesbeamte auf sich aufmerksam macht und die gesamte Gesellschaft verstummt.

Die Stille erhöht die Spannung, und kurz darauf erklingen die ersten Takte von Wagners Hochzeitsmarsch. Als Maike in einem traumhaft dekolletierten weißen Brautkleid den roten Teppich, der die festlich geschmückten Stuhlreihen trennt, entlang schreitet, ertönen bewundernde *Ahs* und *Ohs* aus der Menge.

Hoffentlich stolpert sie nicht, denkt Sophie und hält den Atem an, als sie einmal leicht umknickt. Doch schon wenige Sekunden später ist sie sicher unter dem Baldachin an der Seite ihres strahlenden Bräutigams angekommen.

»Ach du Scheiße!«, flüstert Svenja plötzlich. »Guck mal den Emmermann an.«

Sophie, die bisher bloß Augen für die Braut hatte, blickt nun auf den Mann, der mit einem stoischen

Lächeln neben Thomsen steht. In einem himmelblauen Smoking.

Ihre Mundwinkel zucken und sie kann rein gar nichts gegen das Grinsen tun, das sich nun auf ihrem Gesicht ausbreitet. Da hat Jackie wohl ganze Arbeit geleistet.

Nach dem Kuss des frischvermählten Paares geht die Lautstärke der Musikanlage hoch.

Auf uns dröhnt es aus riesigen Boxen und nicht nur Andreas Bourani, sondern auch die gesamte Hochzeitsgesellschaft singt aus vollem Herzen mit, als die beiden Turteltauben Hand in Hand über den roten Teppich schreiten. Die Stimmung ist jetzt auf dem Höhepunkt angekommen und zu ihrer eigenen Überraschung ist Sophie nun richtig ergriffen. Verlegen wischt sie sich eine Träne aus dem Augenwinkel und drückt Taakos Hand.

Svenja neben ihr schnäuzt sich lautstark in ein Taschentuch.

»Ich hoffe, wir bekommen noch eine alkoholische Stärkung vor dem Brautstrauß-Werfen«, flüstert sie.

»Muss ich da mitmachen?«, flüstert Sophie zurück.

»Ja, alle Frauen, die nicht verheiratet sind.«

»Aber ich hab jetzt einen Freund.«

»Eben drum.« Svenja grinst. »Widerstand ist zwecklos, da kommst du nicht drum 'rum.«

Zu Sophies großer Erleichterung fliegt der Blumenstrauß, als es endlich so weit ist, genau Jaspers Mutti in die Hände. Billi, die mit ihrem süßen rundlichen Bäuchlein daneben steht, ist die

Enttäuschung darüber anzumerken.

»Aber hallo«, lacht Ella, »hat das Schicksal mit mir noch etwas vor? Was meinst du, Svenja, sollen wir mit einem Inserat für mich alte Schachtel nachhelfen?«

Nun lachen alle und die Gläser werden wieder neu gefüllt.

Als der Fotograf Brautpaar und Gäste für ein Gemeinschaftsfoto zusammentrommelt, kommt Sophie neben Emmermann zu stehen.

»Hübscher Smoking!«, sagt sie schmunzelnd.

»Ja? Ähem, ich muss mich wohl für den Tipp bedanken. Dieser Jackie meinte, die Farbe würde genau zu meinen Augen passen.«

Sophie, die der Augenfarbe des Leichenbeschauers bisher keinerlei Aufmerksamkeit geschenkt hat, stellt überrascht fest, dass die beiden Blautöne wirklich sehr gut harmonieren.

»Welch ein wunderbarer Zufall«, erwidert sie amüsiert.

»Ein Glück für ihn, dass er keine lachsfarbenen Augen hat«, raunt Taako ihr ins Ohr. »Sonst hätte ihm Jackie den dazupassenden lachsfarbenen Anzug eingeredet. Und der ist zusätzlich mit Glitter beschichtet.«

Sophie, die sich den Internisten in dieser Farbe nur zu gut vorstellen kann, verschluckt sich vor Lachen an ihrem Prosecco. Zur Strafe boxt sie ihren Schatz liebevoll in die Seite.

»Falls Sie 'n Anwalt brauchen, ich mach auch Körperverletzungen«, kommentiert ein gut aussehender, hochgewachsener Mann mit blonder Föhnfrisur.

»Ralf!«, ruft Sophie überrascht aus. »Dich hat der Rüde auch eingeladen?«

»Nun, immerhin verdankt er mir seine Freiheit.« Rechtsanwalt Dr. Ralf Theissen lacht und prostet ihr zu.

»Lustig. Taako, darf ich vorstellen, das ist einer meiner Ex-Freunde. Um genau zu sein, mein erster Ex-Freund.«

»Freut mich.« Taako streckt ihm gut gelaunt die Hand entgegen.

»Ebenfalls.«

Während die beiden Hände schütteln, nähern sich Jasper und Billi mit Enno im Schlepptau.

»Wenn wir schon dabei sind, hier haben wir einen weiteren Ex-Freund von mir«, stellt Sophie nun auch Jaspers Halbbruder vor.

»Da muss wo ein Nest sein«, flüstert Taako ihr ins Ohr. »Gibt es von denen noch mehrere?«

»Nein, keine Sorge, so viele sind es nicht . . . bloß noch einer«, setzt sie seufzend hinzu, als sie Evando unter den Gästen entdeckt. Ihr verdammter Chef hat wirklich niemanden ausgelassen. Nur gut, dass der Prosecco hier in Strömen fließt.

Nach dem ausgezeichneten Essen spielt die Band auf und das Brautpaar wagt sich an den Eröffnungstanz.

Zu Sophies Überraschung ist Kriminaldirektor Paulsen der Erste, der sie um einen Tanz bittet, als der Kreis erweitert wird. Danach wird sie ständig abgeworben, sodass es sieben Nummern braucht, bis sie wieder an Taakos Seite zurückkehren kann.

»Du bist sehr beliebt.«

»Leider. Mir tun jetzt schon die Beine weh.«

»Aber für mich hast du schon noch einen Tanz übrig?«

»Für dich immer.« Erhitzt und beschwipst schmiegt sie sich an ihn.

Doch nun übergibt der Sänger der Hochzeits-Band das Mikrofon an den frisch gebackenen Ehemann. Offenbar ist es an der Zeit für die große Überraschung.

Als die ersten Klänge von *Endless Love* ertönen, kneift Sophie vorauseilend die Augen zusammen. Hoffentlich wird es kein allzu schlimmer Fall von Fremdschämen.

Die Braut wird nun umzingelt und in die Mitte der Tanzfläche geschoben, wo Thomsen sich in voller Größe bereit macht, sie anzuschmachten.

»*Schatzi . . .*

du bist die einzige für mich . . .

ich brauch bloß noch dich . . .«

»Ohhh . . .« Vor lauter Rührung kommen Maike sofort die Tränen. Svenja reicht ihr ein Taschentuch, in das sie sich so laut und ausgiebig schnäuzt, dass man vorübergehend den Text nicht mehr versteht.

Doch der Darbietung tut das keinen Abbruch, denn Thomsen hat noch etliche Strophen im Repertoire, mit denen er seiner Liebsten huldigen kann.

Maikes glückliches Gesicht entschädigt für alles, denkt Sophie und drückt Taakos Hand. Er erwidert den Händedruck und ihr wird plötzlich ganz warm ums Herz. Nach langen Single- und Kurzzeit-Beziehungsphasen ist das nun ihr erster öffentlicher Auftritt als Familie – und es fühlt sich richtig gut an.

»Darf ich auch ein Lied singen?«, fragt Nils plötzlich

und Taako lacht.

»Ja, zu Hause dann, wenn ich dich in die Badewanne stecke.«

Sein Handy vibriert in der Sakko-Innentasche und er fischt es heraus.

»Entschuldige mich kurz«, flüstert er Sophie ins Ohr.

Als er wiederkommt, sieht er traurig und besorgt gleichermaßen drein.

»Was ist los?«

»Das war Cora. Sie wurde schon heute aus der Reha entlassen und sie will Nils auf der Stelle wiederhaben.«

»Ach nee . . .«

»Das geht mir jetzt irgendwie viel zu schnell. Und auch der Kleine fühlt sich gerade so wohl . . .« Er streichelt seinem Sohn liebevoll über den Kopf. »Ich habe jetzt so gar keine Lust, ihn ins Auto zu packen und zu ihr zu bringen.«

»Versteh ich gut.« Sophie streicht ihm sanft über die Wange. »Aber sie ist nun mal seine Mutter. Und sie hat eine lange Entzugsphase durchgestanden, um es zu bleiben. Sie hat das alles bloß für ihn getan. Klar, dass sie keinen Augenblick länger warten will, um ihn wiederzusehen.«

»Ich weiß, aber trotzdem . . .«

»Es ist ja nicht für immer, sie hat doch beim letzten Telefonat schon zugestimmt, dass er die Hälfte der Woche bei uns verbringen kann.«

»Hast du gerade *uns* gesagt?«

»Hab ich.«

»Das klingt wunderbar.« Taako küsst sie. »Dann rufe ich Cora mal zurück.«

»Weißt du was, ich hab eine Idee.« Sophie greift nach seiner Hand. »Sag ihr, sie soll Nils in zwei Stunden hier abholen. Bis dahin ist er sowieso müde und wir können ihn noch vorbereiten.«

»Und der restliche Abend gehört dann uns«, schnappt Taako die Idee sofort auf.

Sie küsst ihn lachend.

»Du bist ein schlauer Mann.«

Nachwort der Autorin

Liebe Leserinnen und Leser,

an dieser Stelle möchte ich mich sehr herzlich für die Unterstützung bei meinen Freunden, Testlesern und Lektoren sowie den Experten der Kriminalistik und der Medizin bedanken – und natürlich bei Ihnen, liebe Leserinnen und Leser!

Ich freue mich, wenn **DIE KÜSTEN-KOMMISSARE** Ihnen ein paar spannende und unterhaltsame Stunden bescheren konnten.

Wenn es Ihnen gefallen hat, würde ich mich über eine Rezension bei Amazon sehr freuen. Ein großes **DANKE** all jenen, die sich kurz Zeit nehmen und ein paar Worte schreiben!

Für jene, die wissen wollen, wie es mit Thomsen, Meerkatz & Co weitergeht: Spannend – so viel steht fest. Denn das nächste Buch kommt schon sehr bald!

Einfach **Anne Amrum** auf Amazon folgen und sofort über Neuerscheinungen informiert werden!

Anne Amrum, Juni 2022

Instagram: anneamrum
E-Mail: anne.amrum@gmx.de

Es geht spannend weiter...

Der neunte Fall der Küsten-Kommissare
NORDSEE SPIEL von
Anne Amrum

TATORT NORDSEE

Tatort Aus purer Langeweile nimmt Rieke Wilken an dem Krimidinner ihrer besten Freundin teil. Zu ihrer Überraschung findet sie Gefallen daran, in eine fremde Rolle zu schlüpfen und damit für kurze Zeit ihrem belanglosen Dasein zu entfliehen – bis zu dem Moment, als sie das auserkorene Opfer entdeckt und feststellen muss, dass ihr eigener Mann Knut die verhängnisvolle Karte gezogen hat.

Der gebrochene Blick und der tiefe Einschnitt an seiner Kehle lassen keinen Zweifel daran, dass innerhalb weniger Augenblicke aus dem unterhaltsamen Spiel bitterer Ernst geworden ist. Was ist geschehen? Und warum?

Hauptkommissar Thomsen, frisch von der Hochzeitsreise zurück und berauscht vom Liebesglück, kann sich nur schwer in diesen tragischen Fall hineinfinden. Oberkommissarin Meerkatz, genervt vom sonnigen Gemüt ihres Chefs, ermittelt umso verbissener und stößt schon bald auf versteckte menschliche Abgründe. Doch viel Zeit für die Aufklärung bleibt ihr nicht, denn die wichtigsten Zeugen kommen ihr der Reihe nach abhanden...

In Nordsee Spiel, dem neunten Küstenkrimi der Bestseller-Autorin Anne Amrum, ermitteln die Nordsee Kommissare in ihrem bislang abgründigsten Fall.

Erhältlich auf AMAZON!

Wie alles begann . . .

Der erste Fall der Küsten-Kommissare

NORDSEE Mord von
Anne Amrum

TATORT NORDSEE

Die sechzehnjährige Inga wird tot im Husumer Watt aufgefunden. Die jugendliche Tote ist ein beliebtes Mädchen aus dem Ort. Ein tragischer Selbstmord, davon ist Hauptkommissar Rüdiger Thomsen überzeugt.

Doch seine neue Kollegin Sophie Meerkatz wittert ein Verbrechen und beginnt unangenehme Fragen zu stellen. Als kurz darauf die beste Freundin der Toten vermisst wird, gerät auch Thomsens Überzeugung ins Wanken. Denn die Mutter der Vermissten ist eine alte Vertraute . . .

Die Situation spitzt sich zu, als es in der Bevölkerung zu brodeln beginnt. Ein Sündenbock ist schnell gefunden. Doch liegt überhaupt ein Verbrechen vor und ist der Verdächtige auch tatsächlich der Schuldige? Und wo steckt das vermisste Mädchen?

Im ersten Teil der spannenden Nordsee-Reihe prallen Welten aufeinander:

Emanzipierte Emsigkeit aus der Hauptstadt trifft auf die Gelassenheit des Nordens. Mit Engagement und Leidenschaft für ihren Job tritt Kommissarin Sophie Meerkatz gegen die Vorbehalte ihres neuen Chefs an und scheut auch nicht davor zurück, zu drastischen Maßnahmen zu greifen.

Erhältlich auf AMAZON!

Printed in Dunstable, United Kingdom